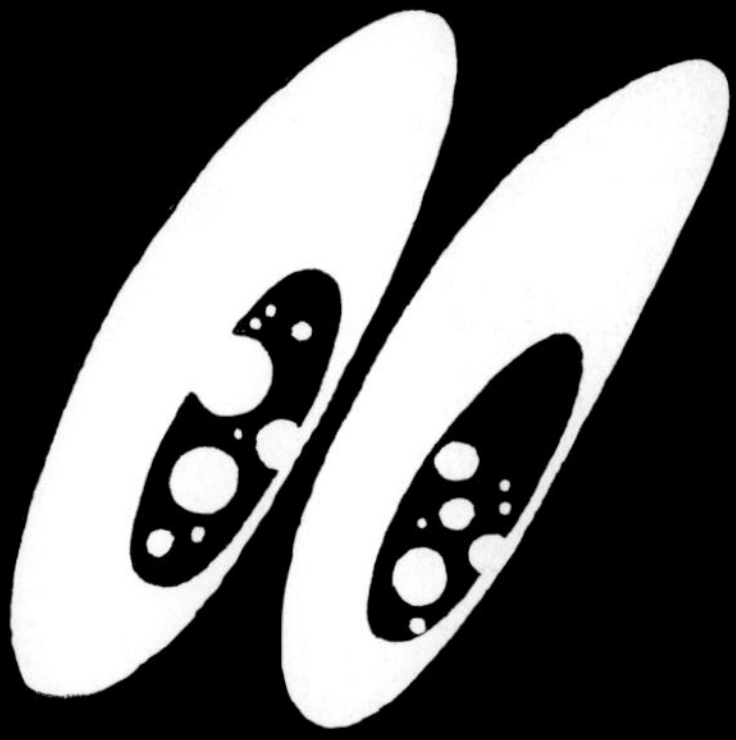

ブラックホールの飼《か》い方《かた》

THE CARE AND FEEDING OF A PET BLACK HOLE

ミシェル・クエヴァス 作
杉田七重 訳

小学館

ブラックホールの飼《か》い方《かた》

装丁
坂川朱音

装画・挿絵
早川世詩男

THE CARE AND FEEDING OF A PET BLACK HOLE

エディに愛をこめて捧げる。

1 何かがついてくる

ある午後、全身黒ずくめの女の子が、彗星《すいせい》のようにあらわれた。

物語はそこから始まる。

女の子は悲しい。心のなかに、ぽっかり穴《あな》があいていて、自分の未来は真っ暗だと思っている。

その女の子は、もちろん、このわたし。

目の前には、宇宙科学《うちゅうかがく》の研究や宇宙船《うちゅうせん》の開発をしているNASA《ナサ》の施設《しせつ》があって、その門の前に立っている警備員《けいびいん》に声をかける。

「あの、わたし、ステラ・ロドリゲスといいます。年齢《ねんれい》は十一歳《さい》。カール・セーガンさんとお話をしたいのですが」

もうおそい時間で、あたりはうす暗い。わたしはひとりでここにやってきた。

警備員《けいびいん》が迷惑《めいわく》そうに顔を上げた。うるさい蚊《か》でも飛んできたかと思ったら、気のせいだった、という感じで、読んでいた雑誌《ざっし》にまた目をもどした。

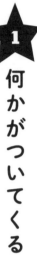

わたしはもう一度声をかける。

「あの、じつはわたし、未来からやってきました。カール・セーガンのひひひ孫で、わたしたちの時代には時間旅行ができるようになったんだって、遠い祖先《そせん》のおじいちゃんに教えにきたんです！」

「帰りなさい」

警備員《けいびいん》がいった。

「でも、会う約束を……」

「してない。してるわけがない」

「そう、約束はしてないかもしれない！」

思わず声が大きくなる。

「でも、カオス理論《りろん》や、バタフライ効果《こうか》を考えるなら、〝約束〟なんていう長期予知はあてになりません。そもそも時間というものは――」

さすが科学者に会いにくるだけのことはあると、そういってもらえると思ったのに、返ってきたのは警報《けいほう》の音。いきなり耳をつんざくような音があたりにひびきわたったかと思うと、ライトがチカチカ点滅《てんめつ》し、建物のなかからどなり声がきこえてきた。

これはもう降参《こうさん》するしかない。わたしは警備員《けいびいん》にむかって両手を上げた。

「わかりました、わかりました。何もそこまでおおごとにして、警報器《けいほうき》まで鳴らさなくたって……。わたしは科学が好きなだけで、人に危害《きがい》をくわえる気はありません」

ところが警備員《けいびいん》は、わたしにはまったく注意をはらっていなかった。電話を取り上げると、いきなりどなりだし、緊急事態《きんきゅうじたい》だ、手順を確認《かくにん》せよ、とかいいながら、建物のなかに飛びこんでいった。

ぽかんとするわたしの目の前で、いま門は大きくあけはなたれている。たとえば、超小型《ちょうこがた》のエイリアンロケットが侵入《しんにゅう》して大爆発《だいばくはつ》が起きているのをいいことに、こっそりNASA《ナサ》の施設《しせつ》にしのびこむ……。そんなことができてしまう人間だったらどんなにいいか。でも、わたしにそんな勇気はない。

だから、あきらめた。カール・セーガンにわたすつもりだった大事なつつみをかかえて家に帰ることにした。ほんとうはどうしても今日わたしたかった。無人惑星探査機《むじんわくせいたんさき》ボイジャー2号が打ち上げられる一九七七年八月二十日まで、もうあまり日にちがないのだから。

NASA《ナサ》の警報《けいほう》から逃《に》げるようにしてバス停へむかい、バスの到着《とうちゃく》を待つ。

最後の夕日が消えていくと同時に、みょうな感じを覚えた。たとえば、窓《まど》もドアも閉《し》まっている部屋にいるのに、足にひんやりした風を感じるみたいな。あるいは、じっと見ていた月に突然《とつぜん》目鼻がうかびあがって、むこうもわたしを見ていると気づいたような。それか、かくれんぼで鬼《おに》になっているとき、クローゼットのかぎ穴《あな》から、じーっとこちらを見ている相手と目があったときみたいな。

左右にすばやく目を走らせ、低木のしげみをのぞきこみ、木々《きぎ》のてっぺんを見上げる。べつに何もいない。ただ闇《やみ》があるばかりだった。

ようやく安心したところで、バスが角を曲がってやってきた。けれどバスに乗りこんだとたん、もっとみょうなことが起こりだした。

「さいふがない！　だれかにぬすまれたわ！」

会社員風の女の人がさけんだ。

いったいだれのしわざだと、乗客みんなが車内に目を走らせる。

「おや、わしのカツラは？」

おじいさんがいう。

「あれ、あたしのお弁当《べんとう》は？」

「ボクのペットのカエル、どこ行っちゃった？」

わたしのおりる三つ目のバス停《てい》に着くまで、こういうことがずっと続いた。なくなったものをさがして、ゆかによつんばいになって座席《ざせき》の下を見ている人たちをよけながら、わたしはバスをおりた。

バス停《てい》から家まではほんの数分だというのに、もう何キロも歩いているような気がする。どう考えても、これはおかしい。早く家に帰り着きたい。すでに日はとっぷり暮《く》れて、気味が悪くて背《せ》すじがぞくぞくする。しょっちゅう星の観察をしていたから、暗いのはこわくない。なのに、今日は歩きだしたとたん、手先、足先から始まった鳥肌《とりはだ》が、全身に広がって首すじにまで上がってきた。きっと目玉も鳥肌《とりはだ》になっているに違《ちが》いないと、そんなことを考えても気はまぎれず、いつのまにかあたりはポケットの底みたいな真《ま》っ暗闇《くらやみ》になっている。

左右に目を走らせる。

「だれか、そこにいるの？」

こたえはない。

〈きいてくれてありがとよ。ここにいるのはオレだ、おのを持った殺人鬼《さつじんき》。おっと、し

くじった。ふいうちをかけるつもりだったのに……〉

そんなふうにこたえを返してくる殺人鬼《さつじんき》は、ホラー映画《えいが》には出てこない。

それでわたしは、こういう状況《じょうきょう》に置かれた人間がたいていやることをやった。

そう、全速力でかけだしたのだ。下水管のぬかるみみたいな闇《やみ》を走りぬけ、クジラのお腹《なか》のなかみたいな暗がりをつきぬける。うしろに耳をすませても、足音や、小枝《こえだ》をふみしだく音はきこえないのに、ぞくぞくする感じは、ますます強くなっていく。

だれかが、わたしに見られないようにしてついてくる。見張《みは》られている。尾行《びこう》されている。

だけど、いったいだれが？

ひょっとしたら、人間ではない……？

2 闇《やみ》

「どこ行ってたんだよ――――！　ママが帰るまで、ボクが危《あぶ》ない目にあわないように、おねえちゃんが見張《みは》るんだろ！　ボク、接着剤《せっちゃくざい》とか、食べちゃったかもしれないんだぞ！」

　そのキンキン声は、もちろん弟のコスモ。「宇宙《うちゅう》（コスモ）」という名前のとおり、宇宙人《うちゅうじん》のように理解不能《りかいふのう》な五歳児《さいじ》だ。

「シーッ。外からだれも入ってこられないよう、しっかり戸じまりをするから手伝って」

　わたしは走りまわって、次々《つぎつぎ》とドアにかぎをかけ、窓《まど》のブラインドをすべて下ろし、照明を全部消した。玄関《げんかん》に面したカーテンのすきまから外をのぞいてみると、いつのまにか雨が降《ふ》りだしていた。どんなモンスターが家までついてきたのか、これじゃあ見きわめるのは難《むずか》しい。

「ワクワクするね。ねえ、ねえ、何が始まるの？」

　うしろでささやく声がして、ふりかえるとコスモがいた。ひどく興奮《こうふん》したようすで、両手をぎゅっとにぎりしめている。

「接着剤《せっちゃくざい》、食べたの？」

「食べてない」

はずかしそうにいう。

「そうか、大人になったんだ。夕食つくるから食べよう」

ほぼ真っ暗ななか、チーズホットサンドとトマトスープを食べるものの、恐怖《きょうふ》で味なんかわからない。食べおわると、自分の部屋で宿題をするからとコスモにいって、二階に上がった。ひとりになってじっくり考えたかった。

部屋に入ると、星のもようがついたふわふわの青いガウンをはおって窓辺《まどべ》に立ち、玄関前《げんかんまえ》の庭に目をこらす。望遠鏡をつかおうかと思ったけれど、パパを思い出して悲しくなるのでやめた。そうでなくても、わたしの毎日には霧《きり》のようにもやもやと悲しみがまとわりついている。望遠鏡をつかうときはいつもパパがいっしょだったのに、そのパパがいなくなって、庭にはモンスターがいる。何もかもがおかしい。

窓辺《まどべ》にもたれて、ゆかにぺたんとすわる。雨つぶがひとつ、窓《まど》ガラスをツーッとすべり落ちる。ちっちゃな流れ星みたいだ。

わたしは目をつぶって願いごとをとなえる。

「全部なくなって……悲しくなるものは全部」

目をあけた瞬間《しゅんかん》、窓《まど》の外にきらりと光るものが見えた。

それが、庭の向こうへ矢のように飛んでいって、ゴミステーションの横に置いてある段《だん》ボール箱《ばこ》のなかへ飛びこんだ。

「えっ？」

窓《まど》ガラスのくもりを手でこすってよく見てみる。まちがいない。段《だん》ボール箱《ばこ》のなかに何かいる。小さくて黒っぽいものが、ぷるぷるふるえている。きっとただの子ネコだ。でも、それなら、ひげやしっぽなんかが見えてもいいはず……。

長靴《ながぐつ》をはき、懐中電灯《かいちゅうでんとう》を持って外に出ていく。ありがたいことに、コスモは自分の部屋に入ったようだった。うるさくつきまとわれないですむ。

「たぶんネコ、それか迷《まよ》い犬《いぬ》」

そう自分にいいきかせて、雨のなか、庭をそろそろと進んで

いく。

「子ネコちゃん、子ネコちゃん」

ゆっくりと近づいていく。

「スカンクなんかじゃ、ありませんように」

相手をおどかさないよう慎重《しんちょう》に動いて、なんとかして姿《すがた》を見ようとする。けれど懐《かい》中電灯《ちゅうでんとう》で箱のなかを照らしてみると、そこにいたのは子ネコでも子犬でもなかった。スカンクでもない。これは……闇《やみ》。

あとずさった拍子《ひょうし》につまずいて、懐中電灯《かいちゅうでんとう》を落としてしまった。ふるえる手でそれを拾い上げ、さっき見えたものに光を当ててみる。

いない！　懐中電灯《かいちゅうでんとう》を大きくふりまわしてみると、いた！

わたしのいるほうへ、そろそろと近づいてくる。

見たところ手も足もない。単なるぼやっとした闇《やみ》で、大きさはウサギぐらい。闇《やみ》といってもふつうの闇《やみ》とは違《ちが》う。なんていえばいいんだろう。ずっとひらいていない古本の中身のような闇《やみ》？　その闇《やみ》のなかにふたつの目がある。目はちらちら光っていて、奥《おく》に小さな銀河《ぎんが》が広がっているみたいだった。

「キャーッ！」

悲鳴をあげて指さすわたしに、さされたほうは、いったい何をそんなにこわがっているのかというように、自分のうしろをふりかえった。

「来ないで！」

そうはいったものの、わたしが一歩下がると、その生き物もちょっぴり近づいてくる。その動きと、目にうかんだ表情《ひょうじょう》から、一瞬《いっしゅん》考えた。ひょっとして、なでてかわいがってほしいのかもしれない。

そんなばかなことがあるわけはない。すぐに正気にもどり、どこかへ追いはらおうと、そちらへ懐中電灯《かいちゅうでんとう》を投げてみた。

逃《に》げないので、ぶつかると思ったら、おどろいたことに懐中電灯《かいちゅうでんとう》は、その生き物のなかにすいこまれてしまった。

さっきまでわたしの手のなかにあったのに、いまは影《かげ》も形もない。

「これって、いったい……？」

次の瞬間《しゅんかん》、うす暗い街灯《がいとう》の光の下で、その生き物はおぎょうぎ悪くゲップをした。

きらきら光るゲップだった。

3 この生き物についてわかっていること

段《だん》ボール箱《ばこ》にいた生き物に懐中電灯《かいちゅうでんとう》を飲みこまれたあと、さて、わたしはどうしたか。走って逃《に》げたか？　軍隊の出動を依頼《いらい》したか？　気を失ったか？

こういうとき、パパならきっとすると思うことをわたしもやった。つまり、「雨が降《ふ》っているから、なかにお入り」と、家に入れたのだ。

「ほら、これがわたしの部屋。せまいけど、居心地《いごこち》はいいんだよ」

わたしはまだ一度もその生き物にさわっていない。

家にむかってあとずさって歩いていったら、そのままなかまでついてきた。危険《きけん》はないと思ったけれど、絶対《ぜったい》安全だともいえない。どことなくさみしそうで、大きくつぶらな瞳《ひとみ》でわたしをじっと見つめている。そうやって安心させておいて、いきなりガブッとくるのかもしれない。

見れば早くも、わたしの部屋にあるものを次々《つぎつぎ》と飲みこんでいる。わたぼこりとか、コスモがわたしにくれた何が描《か》いてあるかわからない「名画」といった、どうでもいいものばかりを。

びんにためておいたペニー硬貨《こうか》をあたりにばらまいて、そいつの気をそらし、そのあいだにリストをつくる。

★この生き物についてわかっていること

とことん真っ黒
手も足もなく、ただぼやっとしている
目はありそう
目の奥《おく》に小さな銀河《ぎんが》が広がっているみたい
好きなものをなんでも飲みこむ、すいこむ、消し去る
好きなものは懐中電灯《かいちゅうでんとう》、ほこり、へたくそな絵、ペニー硬貨《こうか》
おとなしい（いまのところは）
なでてほしいみたい？？？

最初に思いあたったのは、エイリアンだった。NASA《ナサ》から逃《に》げだした地球外生命体が家までついてきたのか？

けれどもわたしの知るかぎり、エイリアンといえば、ふつうは緑色で、腕《うで》も足もある。子犬みたいになでてほしいそぶりなんか、見せないはずだった。

かべにはってある銀河系《ぎんがけい》のポスターを指さしてきく。

「これが、あなたのおうち？　銀河系《ぎんがけい》からやってきたの？」

相手は銀河系《ぎんがけい》を自分のうちとは思っていないようだった。思っていたとしても、いまはわたしのぬぎすてた靴《くつ》をひとつひとつ飲みこんでいくのに夢中《むちゅう》だった。

家にある科学の本をかたっぱしからひらいて、この生き物に似《に》ているものをさがす。すると、理論天文学《りろんてんもんがく》に関する本に、こんなことが書いてあった。

ブラックホール

巨大《きょだい》な星が死んで崩壊《ほうかい》したときにできる。質量《しつりょう》と重力の関係から、そこにはきわめて強力な重力が生まれ、事実上、何物もこの力から逃《のが》れることはできない。光さえもブラックホールにすいこまれてしまう。

ブラックホールは、目には見えない重力の中心で、そのまわりに存在《そんざい》するありとあらゆるものを飲みこむ。

こたえはこれ？

ひょっとしてわたしは、ブラックホールの栄《は》えある飼《か》い主《ぬし》になったということ？

4 ボイジャーとネコ足号

じっくり考えているひまはなかった。

一階の玄関《げんかん》でかぎをあける音がして、ママの声が階段《かいだん》を上がってきた。

「虫ちゃん？　おそくなってごめんね。どこにいるの？」

虫ちゃん。

わたしがまだ言葉を覚えはじめたばかりのころ、昆虫採集《こんちゅうさいしゅう》キットを買ってほしいとせがんだことから、そんなニックネームがついた。パパもわかっていたと思うけど、わたしはそう呼《よ》ばれるのはきらい。

でもいまは、そんなことに文句《もんく》をつけている場合じゃなかった。

あわてて部屋のなかに目を走らせる。半分消えた紙類と片方《かたほう》だけの靴《くつ》が、ゆかのあちこちに転がっている。ベッドのシーツもかなりやられていて、いまその生き物は、がめついそうじ機のように、ペニー硬貨《こうか》をひとつ残らずすいこんでいる。

「とにかく……ここにいて！」

ブラックホールにそういってから、ママに声をはりあげる。

「二階に上がってこないで！　べつに理由はないけど、わたしがおりていくから！」

きわめて落ち着いて、とはいえないけれど、せいいっぱい冷静な声でドアのこちら側からさけんだ。わたしの部屋に宇宙現象《うちゅうげんしょう》がいると知って、ママがよろこぶとは思えない。

部屋を出てドアをバタンと閉《し》め、犯罪者《はんざいしゃ》のようにろうかの左右に目を走らせてからキッチンへおりていく。ママは買《か》い物袋《ものぶくろ》から食品を出している最中だった。

「あら、おりてきたのね。何かさけんでいたようだけど」

「うん。おりていくっていったの。何か手伝おうか？」

わっ！　なんだってそんなことといったんだろう。お手伝いを自分から申し出るなんて、ふだんだったらありえないことだった。

「そうね、じゃあコスモをおふろに入れてもらおうかしら。すごく助かるわ。ありがとうね」

そういってママはわたしの頭のてっぺんにキスをしてキッチンから出ていった。まったくもう。イカれた弟の相手をするのは、ほんとうにキツい。

「わーい！　ネプチュニアンがよろこぶよ――――！」

今夜はママのかわりに、わたしが〝海〟に出るあんたを見張《みは》るからと、そういったとたんコスモは大興奮《だいこうふん》した。

〝海〟といったのは、うちの弟は海水パンツをはいておふろに入るから。〝ネコ足号〟という名のバスタブの〝船〟に、海の戦士《せんし》ストーム・ネプチュニアンという、ばかげた人形といっしょに何時間でも入っている。

「おねえちゃんも、ボクとネプチュニアンといっしょに、船に乗りたい？」

「コスモ、この先何億兆《なんおくちょう》年たっても、わたしはあんたといっしょにおふろには入らない。だからさっさと髪《かみ》の毛《け》を洗《あら》って、すませちゃって」

コスモがさわぎだしませんようにと祈《いの》りながら、わたしはノートのリストづくりにもどる。

★ブラックホールをかくせそうな場所

1．べつのブラックホールのなか？

今日のストーム・ネプチュニアンはとりわけおしゃべりだった。背中《せなか》についたひもをコスモが何度もひっぱって、人形に話をさせているのだ。

「そんなに目クジラ立てるなって！　もっとおだやカニなれよ」

海の戦士《せんし》が、海にまつわるくだらないダジャレを大声でいう。

この人形は、テレビに出てくる気象予報士《きしょうよほうし》そっくりの声をしている。

わたしの頭のなかでその声が、こんな警告《けいこく》を発するのがきこえた。

〈えー、今夜の雲行きはヒジョーにあやしく、モーレツにしゃべりちらすコスモ台風の影響《えいきょう》を受けて、海に高波《たかなみ》が発生するおそれがあります〉

「ちょっと静かにしてもらえない？」

わたしはノート越《ご》しにいう。

もちろんコスモはわたしのたのみなど無視《むし》。またネプチユニアンの背中《せなか》のひもをひっぱった。

「調子はどうだい？」

人形がいう。

「ああ、いいよ。おねえちゃんは今日はどうしてたの？」

コスモがネコ足のバスタブによりかかって気さくにしゃ

べるのをきき、わたしもつられて今日のことを報告《ほうこく》する。

「NASA《ナサ》に行ったんだ」

口から出たとたん、しまったと思う。わたしの脳《のう》みそにはブラックホールなみの穴《あな》があいているに違《ちが》いない。

「おねえちゃんが将来《しょうらい》そこで働きたいって、パパといつも話してたところ?」

わたしはコスモを強い目でにらむ。もうパパの話は絶対《ぜったい》しない。わかってるはずでしよと、目でうったえた。

「なんで、そこに行ったの?」

パパのことは一応《いちおう》ひっこめて、コスモがさらにきいてくる。

「なんでって、録音したテープをとどけたかったから」

「なんで?」

「カール・セーガンにわたしたかったの」

「なんで?」

「だって、その人はボイジャーっていう宇宙船《うちゅうせん》を打ち上げるすごい人なんだよ。宇宙《うちゅう》船《せん》っていっても人は乗っていないから、正確《せいかく》には、無人惑星探査機《むじんわくせいたんさき》っていうんだ。宇《う》宙《ちゅう》に飛ばして、太陽系《たいようけい》の外がどうなっているかを調べるんだ。それでその宇宙船《うちゅうせん》に、地球のすばらしい音をたくさん録音したレコードものせる。ゴールデンレコードっていうんだよ」

「なんで?」

「異星人《いせいじん》に、地球はいいところで、ぜひ来てくださいと伝えるため。ボイジャーのゴールデンレコードには、地球のすばらしい画像《がぞう》や音がたくさん記録されてるの。歌や言葉や、人間や動物の出す声とか。そのレコードが、びんに入れたメッセージみたいに、宇《う》宙《ちゅう》の海に放り投げられるんだよ! いい音ばっかりで、クジラの歌だって、たくさんあるなかから、最高にすばらしい、詩みたいなものを選んで録音するの」

「なんで?」

「だってクジラの歌はすばらしいから」

「なんで?」

「忘《わす》れられない音色で、気持ちがおだやかになる。クジラの歌ばかりじゃないよ。小鳥の鳴き声やコオロギの羽音、風や雨の音、笑い声やキスの音、足音や、道具をつかう音とか、車の音やトラクターの音とか」

「なんで?」

「きっと宇宙人《うちゅうじん》はトラクターの音をききたがるから」

「なんで?」

わたしはコスモの顔をまじまじと見る。こたえが見つからない。どうして宇宙人《うちゅうじん》がトラクターの音をききたがる?

コスモが〝なんで攻撃《こうげき》〟をやめて、一瞬《いっしゅん》考えこむような顔をする。

「よくない音も録音するよね?」

「どういうこと?」

「ほら、笑い声とかキスの音とかを録音するっていったでしょ。そういう、いい音ばっかりじゃなくて、おなかがグーグー鳴る音とか、どなり声とか、泣き声なんかも録音するんじゃないの?」

「いや、しないと思う」

「なんで?」

だって地球人が、いまのわたしみたいにどうしようもなく悲しくなるなんて、宇宙《うちゅう》人《じん》に知らせたくない。もし知ったら、UFO《ユーフォー》に乗った宇宙人《うちゅうじん》はきっと地球にくるりと背《せ》をむけて帰ってしまうだろうから。

わたしはパパに会いたくてたまらなくて、そのことばかり考えている。ほとんどの時間は幸せそうな声をつくってしゃべっているけど、パパが死んでから一度も笑っていない。そんな人間の暮《く》らす星に、行きたいと思う宇宙人《うちゅうじん》はいない。

そういうことをいいたかったのだけど、やめた。かわりに手をのばして、海の戦士《せんし》ストーム・ネプチュニアンの背中《せなか》のひもをぐいとひっぱった。

「やあ、魚《ギョ》キゲンだね！」

ぜんぜんゴキケンじゃない。いつだって悲しいばかり。

さらにいまは心配ごとまである。部屋にかくしてあるブラックホールを、これからどうしたらいいのか？

5 ブラックホールを初めて飼《か》う人の手引き

ペットを飼《か》うのは初めてだった。

いや、そうともいえない。以前にハエをペットにしていたことがあったから。ネオンサインからたったいま生まれてきましたという感じの、あのメタリックグリーンのやつ。家に入ってきて、シンクに置きっぱなしのよごれた食器の上を永遠《えいえん》と思える時間くるくるまわっていたり、窓《まど》に頭をぶつけていたりするあれ。

でもわたしの飼《か》ったハエはふつうとは違《ちが》っていた。机《つくえ》の上にとまって、わたしの顔をじぃーっと見上げたのだから。小さな眼《め》がたくさん集まった、複眼《ふくがん》なんかで見つめられるのは気持ち悪いと思う人もいるだろうけど、わたしは違《ちが》った。そのときは六歳《さい》で、生まれたばかりのコスモが、いつも注目を集めてちやほやされていた。だからハエにじっと見つめられるのがうれしかったんだと思う。

ハエをペットにするなんておかしいと思われるかもしれないけれど、よくよく考えれば、とんでもないものをペットにしている人はいくらでもいる。ウマやアライグマやゴリラをペットにしている人。石ころをペットにして持ち歩く人だっているんだから。
でもハエをペットにしていた期間はたった二時間で終わった。部屋がむっとしてきたので窓《まど》をあけたところ、さーっと外へ出てしまったからだ。あまりに手ぎわよく出ていったので、ガラス窓《まど》に体当たりしたり、お皿の上をくるくるまわっていたりしたのは、逃《に》げるための作戦だったのかもしれないと思えた。ほこりっぽい日差しのなかへ飛びこんでいくメタリックグリーンのペットを、わたしはさよならもいわずに見守り、以来そのペットは二度ともどってこなかった。

「子犬のしつけの本、ここにあるのを全部借りたいんですけど」
図書館にやってきたものの、わたしは落ち着かなくてずっとそわそわしている。いまラリーはどうしているのか？　それ以外のことは考えられなかった。

ラリーというのは、あの奇妙《きみょう》な生き物にわたしがつけた名前。ブラックホールの中心には、とてつもない重力が生じている「シンギュラリティー」という点があると、何かで読んだことがあった。ほうっておけば、家をまるごと飲みこんでしまうぐらいの強い吸引力《きゅういんりょく》があるらしい。シンギュラリティーはいいにくいので、かんたんにラリー。これならぴったりの名前だ。

でもほんとうは名前なんかつけたくなかった。名前をつけたとたん愛着がわくとわかっていたから。でも「ちょっと、あんた」と呼《よ》びかけても反応《はんのう》しないのだからしかたない。

もっとかっこいい名前も考えた。

「ノックス？　それともポー？　ゾロは？　インクは？」

どれも無視《むし》された。

「じゃあ……ラリー？」

するとブラックホールが急に活気づいた。

「なるほど、気に入ったのね」

図書館の受付の女性《じょせい》が、わたしににっこり笑いかけた。

「あなたが犬をしつけるのね。すばらしいわ。どんな犬を飼《か》っているの？」

「ものすごく食欲《しょくよく》がある犬です」

持ってきてくれた本は三冊《さつ》あった。

『名犬の大学』、『幸せな子犬の育て方』、そして個人的《こじんてき》に気に入った『七日でできる子犬の完璧《かんぺき》なしつけ』というタイトルの本。一週間でうまくいかなかったら、きっとラリーに何もかも飲みこまれて、世界は消えてしまう。

しつけるとき、何が問題になるかというと、ブラックホールとはいったいなんなのか、正確《せいかく》なところを、まだだれも知らないという点だ。理論的《りろんてき》にはこういうものだと考えられるとか、おそらくこういうものだと仮定《かてい》できるといった具合にしか、その正体をいいあらわすことができない。

犬のしつけについて書かれた本をパラパラめくっていくと、どの本にも決まって出てくるのは、「ごほうびをつかって、ほめる」という言葉だった。つまり、子犬が何か正しいことをしたら、犬用ビスケットみたいな、犬がよろこぶものをあげるといいらしい。

でも、ブラックホールがよろこぶものってなんだろう？

そのこたえは、それからすぐわかった。

「はきだして！」

わたしはラリーにどなった。図書館から自分の部屋にもどってきたところ、すっかり満足したようすのラリーと、すっかりからっぽになったハムスターのケージが目に飛びこんできた。

「いったいどうして、あれを食べられたの？　だって……ものすごくくさいのに」

前に教室で飼《か》っているペットの〝プンちゃん〟のにおいを、なんとかして取り去ろうとクラス全員でがんばったことがある。ケージをすみからすみまで徹底的《てっていてき》に洗《あら》い、おふろに入れて、天然のオイルをもみこんで、きれいに毛をブラッシングして、香水《こうすい》をふりかけるという、まるで毛深い小さな王様のようにあつかうことまでした。でも何をやってもだめ。こするとカバのゲップのにおいがするシールとか、ゴミでいっぱいのゴミ捨《す》て場《ば》とか、美しいけれど、くさった卵《たまご》のにおいがする花たばと同じだった。

そのハムスターを、学校が休みのあいだずっと世話をするという、心が折れそうな任《にん》務《む》がわたしに下っていた。なのにラリーが食べてしまって、もうプンちゃんはいない。いったいどうやって、クラスのみんなにいいわけすればいい？

プンちゃんがいたケージで、小さな回し車がキーッと不気味な音を立てる。もうそれに乗って走りまわるものはいない。それで、ラリーのしつけを始める前に、かわりのハムスターを買いに、また街へ走っていってペットショップにむかった。

もどってくるなりキッチンに飛びこんで、冷蔵庫《れいぞうこ》の奥《おく》で忘《わす》れ去《さ》られていた、見るからにくさそうなチーズのかたまりを、新プンちゃんの体にごしごしとなすりつける。その最中にコスモがやってきた。

「おねえちゃん、何やってるの？」

「見ればわかるでしょ！　このハムスターがくさくなるように、がんばってるんじゃないの！」

この時点で、わたしは少しキレかかっていた。

「そっか」

コスモがいって、どうでもよさそうに肩《かた》をすくめた。やっぱりこいつは変人だ。変なことが目の前で起きているというのに、少しも変だとは思わないのだから。

自分の部屋に上がっていって、からっぽのケージに新プンちゃんを入れると、あとはつかれきって、ベッドにたおれこんだ。そうしてラリーに声をかける。

「悪くとらないでほしいんだけど、あんたを飼《か》うのは、石ころをペットにするのとはくらべものにならないぐらい手がかかるね」

ラリーは早くもケージへそろそろと近づいていって、新しいプンちゃんをまじまじと見ている。ほしいものを見つけたときの幼児《ようじ》みたいに、目をきらきらかがやかせて。そういえばコスモが小さいときもそうだった。何かやわらかくて、だき心地がよさそうなものを見つけると、ぎゅっとだきしめたくなるのだ。

そこでいいことを思いついた。新プンちゃんをおがくずの巣のなかから取り上げて、ラリーの目の前にかかげる。

「見てごらん、やわらかそうでしょ。ほーら、ふわっふわの、ぽにょっぽにょ。ぎゅっとだっこしてみたくない？」

そういって、まるでクイズ番組の司会者が景品を見せびらかすように、新プンちゃんをなでてみせる。さあ、解答者《かいとうしゃ》のみなさん、運がよければこれを家に持ち帰れますよ。まったく新しいハムスターを！！！！

あまりにほしすぎて、ラリーはいまにも失神しそうになっている。なのにどうにもならないので、泣きだしてしまいそうだ。

なんだかかわいそうになってきた。

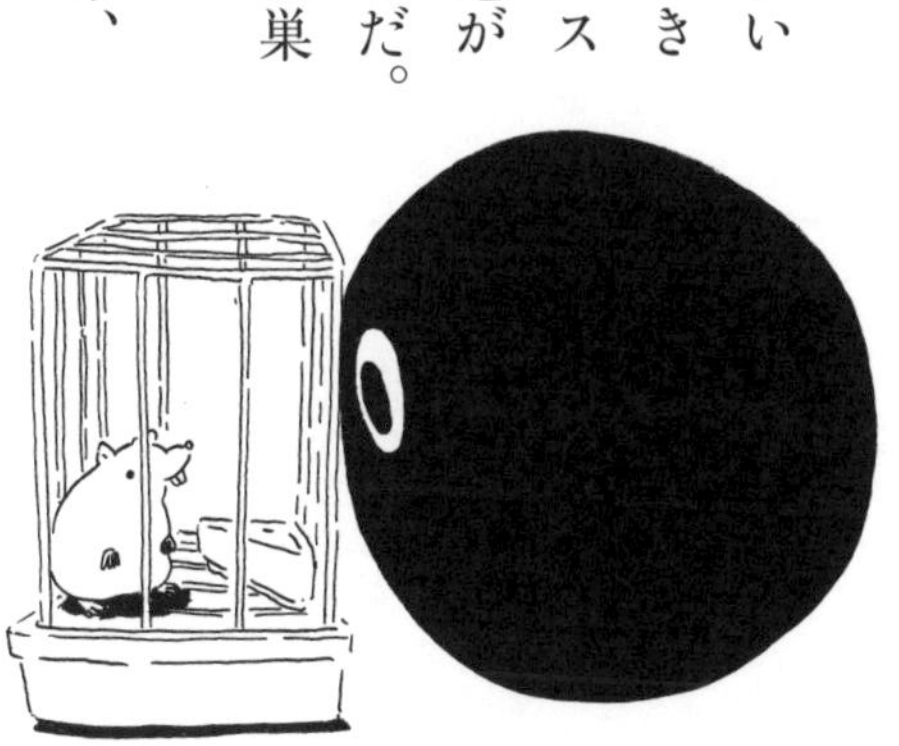

「ごめん、ハムスターは食べさせてやれないの。でも……おすわり、できる？」

ラリーはいっしょうけんめい考えて、何をいわれているのか、理解《りかい》しようとしているようだった。それからおどろいたことに〝おすわり〟をした。身を低くしてゆかにぺたんとなっただけだけど、少なくともじっとして動かない。

これはえらいと思い、一瞬《いっしゅん》相手が何者であるかを忘《わす》れて手をのばした。ラリーは目を閉《と》じて、のどをゴロゴロ鳴らすネコみたいに身をよせてきた。ところが、ラリーにふれたとたん、わたしの手が見えなくなった。

「うわっ！」

さけんで飛びすさり、自分の手をまじまじと見つめる。

ラリーがこれまで以上に悲しそうな顔になったのを見て、頭のなかでひらめいた。

ラリーはハムスターを食べたいわけじゃない。だいてかわいがりたいのだ。これまでラリーは一度だってなでられたことがないし、だっこされたり、だきしめられたりしたこともない。ブラックホール相手に、そんなことはだれにもできやしない。

それでわかった。どうしてラリーが、そんなにまで、やわらかそうなものをほしがるのか。

おなかがすいているわけじゃない。
悪いことをしようというわけでもない。
ただ、何かかわいがるものがほしいのだ。

6 タイムトラベラー

わたしにはあまり友だちがいない。正直にいうと、「あまり」じゃなくて、「まったく」。コスモはそうじゃない。五歳《さい》の子どもは混沌《こんとん》とした銀河《ぎんが》のように、みんないっしょくたになって遊び場をぐるぐるまわっているものだから。ママも友だちは多い。編《あ》み物《もの》、料理、鷹狩《たかが》り、海づりなどなど、たくさんのサークルに入っているから。つまり、人とまじわろうとしないわたしの性格《せいかく》は、パパからゆずり受けたということになる。この父にして、この娘《むすめ》ありということだろう。たぶん。

でもラリーは人間の友だちとは違《ちが》った。わたしがどんな話題で話しかけようと、特に気にせず、ただだまっている。こちらが人の気を引くようなことをいわなくても、星占《うらな》いを信じているふりをしなくても、みんなが夢中《むちゅう》になるダンスに興味《きょうみ》がなくても、ラリーは気にせずに、ありのままのわたしを好いてくれる。それもすごく好きみたいで、毎晩《まいばん》ねるときは、わたしのベッドの足もとに身を落ち着けてねむる。朝になって目覚めると、ラリーが必ずわたしを見つめている。まるでこの宇宙《うちゅう》でいちばんすてきな、いちばんおもしろいものを見るような目で。それがうれしい。正直いって、またパパがここにもどってきたような、そんな気がちょっぴりする。

ラリーには、パパとふたりでつくった天井《てんじょう》の星座《せいざ》も見せた。星座《せいざ》なんか天井《てんじょう》から全部はがして捨《す》ててしまったと、ママにはうそをついていた。パパにさよならをいってから数週間ほどたったころだった。まだパパがいなくなったのが、ゲームの水中ステージで起きた出来事のようにしか感じられなかった。そんなときに、ママがこんなことをいったのだ。

「ねえ、虫ちゃん。今日はみんなで何かいっしょにしようと思ってね」

「何かって、何?」

わたしはきいた。

「そうねえ、思ったんだけど、星座《せいざ》を新しくつくりなおすなんていうのはどうかしら?」

わたしとパパの星座《せいざ》。この家に引《ひ》っ越《こ》してきた一週目に、暗闇《くらやみ》のなかで光る星のシールのセットをパパが買ってきてくれた。表面に光をためることのできる塗料《とりょう》がぬってある。天井《てんじょう》にどんなふうにはろうか、ふたりで何時間もかけて考えた。銀河系《ぎんがけい》をつくろうか? 星座《せいざ》は? 冬空がいい? それとも秋空? 春の空?

結局、まったく新しい星座《せいざ》をふたりでつくりだすことにした。アイスクリームコーン座《ざ》とか、ハイタッチ座《ざ》とか、棒人《ぼうにん》形《ぎょう》座《ざ》とか、名前はまだついていないけど、ほかにもいっぱいつくった。びんにホタルが入っているように見える星座《せいざ》とか、小さなパーティーハットをかぶったクマに見える星座《せいざ》とか、たこをあげようとして、枝角《えだづの》に糸がからまってしまったシカに見える星座《せいざ》とか。どれもこれも、ほんとうにおもしろかった。

あの星座《せいざ》は、パパとわたしだけのもの。ふたりにしかわからないおもしろさがあって、そのひとつひとつが、ふたりの小さな思い出だった。いつもそのことばかりを考えているわけじゃないけど、何かの拍子《ひょうし》にふっと思い出す。パパのポケットに入れっぱなしになっている、お札《さつ》みたいに。

だからいっしょに星座《せいざ》をつくろうとママにいわれたとき、わたしはうそをついた。全部はがして捨《す》てちゃった。もうそ

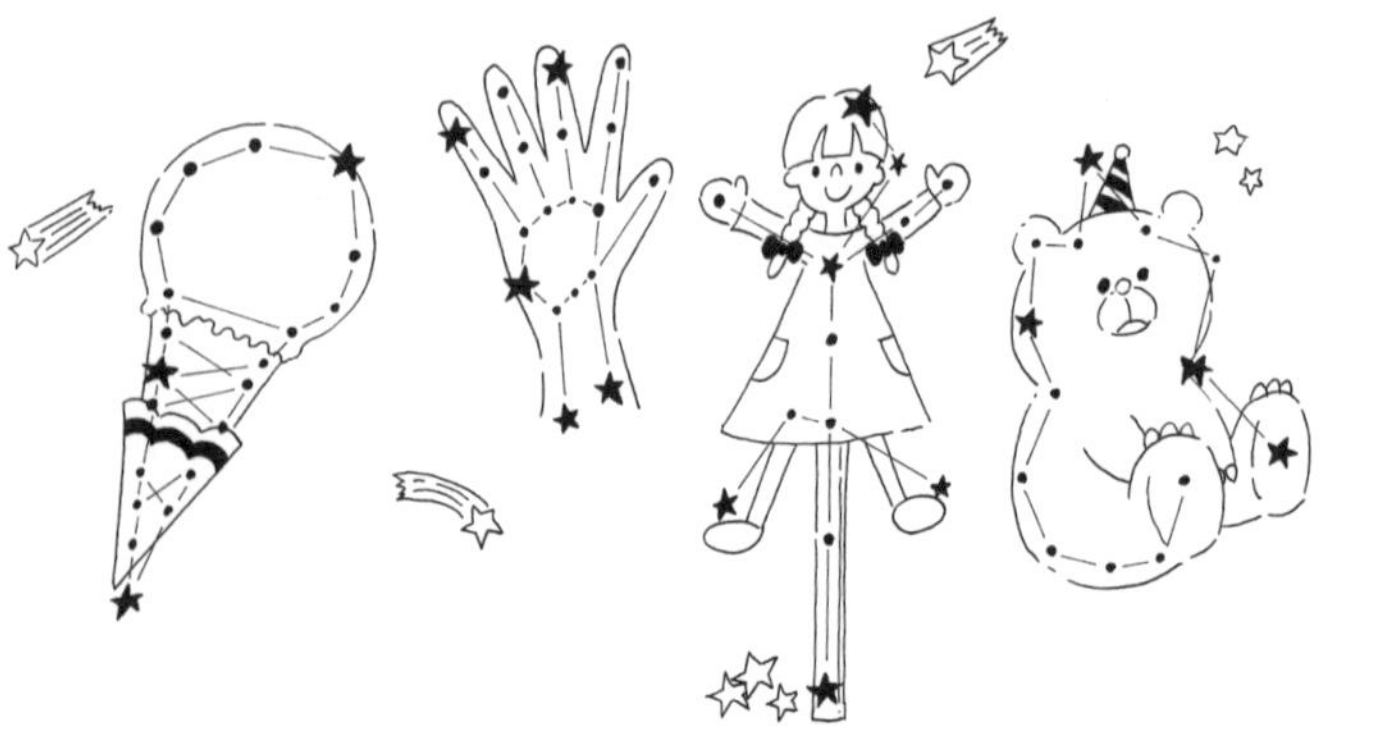

んな子どもっぽいことは卒業したといって。

　でもほんとうはまだあった。日中は、天井《てんじょう》にぬられたペンキのなかにまぎれていて見えないけれど、夜になって、ひとりきりでベッドに入ると天井《てんじょう》で星が光っているのが見える。いまはそばにラリーがいるので、パパとつくった天井《てんじょう》の夜空で光る、いちばん好きな星座《せいざ》を見せてやっている。

「あれはね、わたしの大のお気に入りで、タイムトラベラーっていうんだ。どうしてかというとね、夜に見える星のなかには、光を発してから何年もかかってわたしたちの元にとどくものがあるから」

　ラリーが顔を上げた。よくわからないのだろう。もっとちゃんと教えてあげないと。

「よし。じゃあ説明するよ。

　光っていうのは秒速三十万キロの速さで旅をするの。ラリーは車を運転しないからわからないよね。とにかく信じられないほど速いと思えばいいよ。星はものすごく遠いところにあって、太陽の次に地球に近いケンタウルス座《ざ》のプロキシマ・ケンタウリ星でさえ、四・二四光年もはなれているんだ。

　わかるかな？　つまりケンタウリ星が発した光がわたしたちの目にとどくまでには

四・二四年かかるってこと。

でもね、なかにはそういった星とはくらべものにもならない、想像《そうぞう》をはるかに超《こ》えるほど、ものすごーーーく遠くにある星もあるんだよ。そういう遠い星のひとつに、白《はく》鳥座《ちょうざ》のデネブっていう星があって、これは望遠鏡をつかわないでも見えるんだけど、三千光年ぐらいの距離《きょり》があるの。

どういうことかというとね。いまわたしたちの目に見えているデネブの光は、大昔にデネブの星を出発したものなの。大昔っていうのはね、人間がまだわらぶき屋根の家に住んで、石器を使っているころ。そのころにデネブの光は、さあ地球へ行こうと出発した。でも地球はずっと遠くにあったから、デネブの光が旅行しているあいだに、地球の時代は次々《つぎつぎ》とうつりかわっていく。新しい科学技術《かがくぎじゅつ》もどんどん生まれて、世界はまるで違《ちが》った場所になっていくのに、まだデネブの光は宇宙《うちゅう》を旅行中で、地球はまだまだ遠い。

そんなふうにしていつ終わるともしれない旅をずっと続けていくんだ。そうして出発してから三千年ほどたって、ようやくわたしたちが見えるところまでやってきたときには、地球はもうすっかり新しい時代になって、そこをめざして出発したころとはまるで変わってしまっている。それぐらい遠くにあるってことなんだ」

じっと話をきいていたラリーが、おどろいたように目を大きく見開いた。

「つまり、わたしたちの目にいま見えている星の光は、長い年月をかけて地球までやってきたわけで、光が地球に到着《とうちゃく》したときには、もしかしたら、その光を発した星自体は死んでいるかもしれないんだ。爆発《ばくはつ》して粉々《こなごな》になってね。

だから、夜空を見上げて星に願いをかける人たちが世界中にいっぱいいるけど、あれはむなしいよね。だって光は見えているけど、もうその星は存在《そんざい》しないかもしれないんだから」

ラリーの目が笑ったように見えた。

「そんなわけで、パパとわたしは、いろんな距離《きょり》にある星で夜空をつくったの。そこにかがやく星のなかには、まだ存在《そんざい》するものもあれば、もう死んでしまったものもある。

夜空っていうのは、宇宙《うちゅう》の一瞬《いっしゅん》じゃなくて、さまざまな時間をつなぎあわせたパッチワークなんだって、パパがいってた。それで、じゃあこの天井《てんじょう》につくった夜空はタイムトラベラーっていう名前にしようって。時間旅行をする星たち。わたしも、いろいろ考えているうちに昔にもどったりするから、ちょっと似《に》てるかなって」

ラリーが顔を上げた。なんだかうっとりしている。

思わずだきしめたくなった。本物のペットみたいに、なでてかわいがりたい。でもできない。そんなことをしたらどうなるかわかっていた。手や足ばかりか、わたしの何もかもが、いっぺんにラリーのなかに消えてしまう。

だからだきしめるのはやめて、かわりに、もし自分が時間を自由《じゆう》自在《じざい》に移動《いどう》できるタイムトラベラーだったら何をしようかと考える。行きたい時代なら決まっている。

でも、もしまたパパに会えたとして、何をいう？

よくわからない。まずはとびっきりおもしろいジョークをいって、それから……。

考えているうちにいつのまにかねむってしまった。

7 プロトンのように考える

ラリーとわたしはずいぶん仲良しになった。それで、NASA《ナサ》にとどけようとした録音テープのことも話した。ラリーがわたしの家までついてきた日に持っていったあれだ。

まず、カール・セーガンという天文学者がいて、NASA《ナサ》でボイジャーという宇宙《うちゅう》船《せん》をつくっていることを話す。それからコスモに話したように、ボイジャーにのせるゴールデンレコードについても説明する。地球にあるさまざまな物の画像《がぞう》や音を録音したものなんだって。

「ラリーもふしぎに思うんじゃないかな。こんなすごいことが世界で起きようとしているのに、どうして学校ではみんな、ズボンの長さとか、映画《えいが》スターのあごの形とか、そういうものに夢中《むちゅう》になっていられるのかって」

わたしはラリーに自分でつくったリストを見せた。授業中《じゅぎょうちゅう》に、ゴールデンレコードに記録される画像《がぞう》や音をかたっぱしから書いていったもので、何度も書き直しているので、もうほとんど覚えてしまった。わたしのお気に入りは音のリストだ。

1 宇宙《うちゅう》の天体がかなでる音楽

2 火山、地震《じしん》、雷《かみなり》の音

3 風、雨、波の音

4 コオロギの羽音、カエルの鳴き声

5 小鳥、ハイエナ、ゾウの鳴き声

6 チンパンジーの鳴き声

7 野犬のほえ声

8 炎《ほのお》のはぜる音

9 トラクターの音

10 ウマのひづめが立てる音

11 列車の走る音

12 バスの走る音

13 母親と子どものキスの音

14 足音

15　心臓《しんぞう》の音
16　笑い声

でも、足音やキスや心臓《しんぞう》の音や笑い声なんかの場合、だれのものを録音するのか、どうやって決めるんだろう。あと、野犬のほえ声っていうのは、異星人《いせいじん》を歓迎《かんげい》する音にはならない？　このあたりは、あらためてじっくり考えないといけない。

「それで、わたしはパパの笑い声を録音することにしたんだ。それをＮＡＳＡ《ナサ》に持っていって、これもボイジャーにのせるゴールデンレコードに入れてくださいって、カール・セーガンにたのむつもりだったの」

　わたしはラリーにそういい、録音した音声をききたいかどうか、たずねてみた。するとラリーはひょこひょこと頭を上下に動かした。これはほんとうに録音しておいてよかったと思う。いまとなってはいい思い出だった。でもそれをきくたびに、わたしの胸《むね》のなかにある雪原を巨人《きょじん》がふんでいって、残った大きな足あとをどうしていいかわからなくなる。

　それでもテープレコーダーに目を落とし、わたしは再生《さいせい》ボタンを押《お》した。

パパとふたり、キッチンのテーブルについて、テープレコーダーで録音した音声が流れてきた。

「じゃあ、パパからいくぞ。太陽を最初に見た人間は、どんなことをいったと思う？」

「わからない。なんていったの？」

「目が痛《いた》いよう」

パパはにやっと笑ってそういった。

「太陽を見ると、イタイヨウってわけだね。うん、うまい。じゃあわたしも。遺伝子学《いでんしがく》者《しゃ》はどこで泳ぐのが好き？」

「どこだい？」

「遺伝子《いでんし》プール（その生物の全固体が持っている遺伝子《いでんし》全体）」

「なるほど、なかなかいい。じゃあ、重力よりも引力が大事なスポーツって、なんだ？」

「え、なーに？」

「つな引き」

わたしとパパはいっしょになって笑った。

「じゃあね、プロトン（正《プラス》の電気を帯びた粒子《りゅうし》）のように考えるって、どういうことだかわかる？」

「えっ、どういうことだい？」

「物事をなんでもプラスに考えるってこと」

「そいつは傑作《けっさく》だ！」

言葉遊びのジョークのなかでも、とりわけパパはこれが気に入って大笑いし、わたしもクスクス笑った。

「じゃあ次だ。オリオン座《ざ》が仕事をしたんだが、すごくがんばったのに、くたびれるだけで、なんにもいいことがなかった。そのときオリオン座《ざ》はなんていったと思う？」

「えっ、なんていったの？」

「骨《ほね》オリオン座《ざ》のくたびれもうけ！」

これにはふたりでさらに大笑いした。

「じゃあ、これで録音は終了《しゅうりょう》。いいのができてよかった」

「ゴールデンレコードをつくるのって、責任重大《せきにんじゅうだい》だね」

「ああ、そうだ。耳をおおいたくなるような気味の悪い笑い声なんかをきかせたら、異《い》星人《せいじん》はまわれ右して帰ってしまう。人を小ばかにした笑い声もだめだな。せっかくやってきた宇宙船《うちゅうせん》を追い返すようなものだからね。宇宙《うちゅう》の大物がおこって帰ってしまって、銀河系《ぎんがけい》の謎《なぞ》は永遠《えいえん》に明かされないってわけだ！」

レコーダーの停止《ていし》ボタンを押《お》した。ラリーが残念そうな顔をしたけど、これで終わりなんだからしかたない。録音したパパの声はたったこれだけ。テープに録音された言葉を一文字ずつばらして、新しい会話を組み立てることができたらどんなにいいだろう。でもそんなことはできない。もう二度とパパと話すことはない。その事実こそ、ほかの何よりも、ペットのブラックホールに食べさせて、目の前から永遠《えいえん》に消し去りたかった。

8 わたしのペットはとってもいい子で、とっても悪い子

そんなふうに、ラリーとわたしはとても仲良しになった。それに気をよくして、さっそくラリーのしつけを開始したのだけど、結果をあせりすぎたのは大きな失敗だった。

ラリーはやわらかくてふわふわしたものが大好きだってわかったから、しつけには〝新プンちゃん〟をごほうびとしてつかうことにしたら、これがうまくいった。大成功とはいわないまでも、えたいの知れないブラックホールを相手に、よくぞここまでやったと思う。

「じゃあ、〝おすわり〟から始めよう。一度やってるんだから、かんたんなはずだよ」

ところが、かんたんにはいかなかった。ラリーは影《かげ》のように、わたしのあとをついてまわってはなれようとしない。それでべつの命令を先に教えることにしたら、そっちのほうは割合《わりあい》うまくいった。

〝来い〟も〝ついておいで〟も、よろこんでラリーはしたがう。〝ふせ〟は、道路で車

にひかれた動物みたいに、わたしがラリーの横でばったりたおれてみせたりして、教えるのにずいぶん時間がかかった。〝ゴロン〟をやってみせたときには、自分もラリーといっしょになって笑った（声はあげないけれどラリーも笑っていると思いたかった……体の内側で）。〝お手〟は一度もできなかった。ラリーには手も足もないのだから当然だ。それでいよいよいちばんの難関《なんかん》に入ることにした。あらゆる命令のなかで、ラリーがもっとも苦手とするもの。大きらいな〝待て〟だ。

ラリーにはこれがどうしようもないほど難《むずか》しいらしく、何度挑戦《ちょうせん》させても必ず失敗する。人間でいえば、眉《まゆ》をぎゅっとよせ、おそろしいほど真剣《しんけん》な顔でいどんでいるんだと思う。なのに、どういうわけだか、まったくできない。まるでラリーは宇宙《うちゅう》全体からどなられているかのようだった。

〈おまえは無限《むげん》の時空なのだ！　とてつもなく巨大《きょだい》な星が死んだことによって生まれたのだぞ！　そんなちっぽけな地球人の命令になど、耳を貸《か》す必要はない！〉

そんなわけで、〝待て〟といわれても、じっとしているのは十秒ほどで、またすぐその場をはなれてしまう。まるで宇宙《うちゅう》の天体が力を集結して、人間のいうことをきかせぬよう、ラリーを部屋のむこうへ押《お》しやっているみたいだった。そうしてラリーはトランプのたばを食べたり、ハンバーガーの形をした消しゴムを飲みこんだり、こちらがドギマギする近距離《きんきょり》まで近づいてきて、意味もなく立ちつくしたりするのだった。

これにはまったくがっくりきた。なぜって、どうしても教えなければならない命令はたったひとつ。この〝待て〟だったからだ。わたしの大事にしているパパの写真を飲みこもうとしたときなんかに、この命令が威力《いりょく》を発揮《はっき》するはずだった。

でも、いざそのときになったら、命令なんか忘《わす》れて大声でどなっていた。

「なんてことしたのよ！　パパの写真！　取り返しがつかないんだよ！　パパはもういないっていうのに、写真まで消えちゃった。全部あんたのせいだよ！」

ラリーはたじたじとなってあとずさり、かべに背中《せなか》を押《お》しつけて、できるだけ身を小さくしようとする。

「まったくサイテーだよ！　あんたなんか、いなくなればいい！　さっさと消えてよ！」

わたしのいかりは部屋ばかりか、家全体をゆるがした。ラリーはそれにたえきれず、こちらが興奮《こうふん》しているあいだに、わたしの横をするりとぬけて、ドアの外へ出ていった。

「ああよかった！　せいせいした！」

そうさけんだあとで、ベッドの上に腰《こし》を落とし、両手で顔をおおった。よりによって、あの写真を飲みこんでしまうなんて！　わたしが誕生日《たんじょうび》にプレゼントした望遠鏡をパパが手にしている写真。何か月も迷《まよ》いに迷《まよ》って、ようやくあれに決めた。それまでにいろんな雑誌《ざっし》を何百回もめくって、お店に行っては帰ってくることをくり返した。そのプレゼントをパパがあけて、なかにびっくりするものが入っているのに気づいたところを、わたしがパシャッと撮影《さつえい》したのだ。

「ちょっと待って……」

そこでふいに、自分のしでかしたことに気がついた。

「まさか、そんな、まさか……」

部屋から飛び出して、階段《かいだん》を全速力でかけ下り、キッチンや食料品を保存《ほぞん》している部屋を必死になってさがす。

「ラリー！」

大声で呼《よ》びながら、バスルーム、寝室《しんしつ》、地下室へダッシュする。クローゼットを全部あけてなかをさがし、あらゆる家具の下をのぞいた。洗濯機《せんたくき》のなかやトイレもさがした。リビングの窓《まど》があいているのが目に入って、事情《じじょう》をのみこんだ。まだしつけの終わっていないブラックホールを近所へ野放しにしてしまった。

9 逃亡《とうぼう》したブラックホール

だけど、家からおびえて逃《に》げだしたブラックホールを、どうやってさがしたらいいのだろう？　そこでハンチング帽《ぼう》を頭にかぶって考えることにした。わたしがシャーロック・ホームズの推理《すいり》小説に夢中《むちゅう》になっている時代にパパが買ってくれたものだった。

「わたしがブラックホールだったら、どこへ行くだろう？」

そう口に出して考える。

「ボクがブラックホールだったら、滝《たき》に行く。その下にすわって水をがぶがぶ飲みこんで、プールみたいにたぷんたぷんになったら、水族館へ行ってクジラやペンギンやイルカを助けるんだ」

「じゃましないでくれる？」

いつのまにか部屋の入り口に立っていた弟のコスモにいう。

「わたしは自分と対話をしているんだから」

「でもね、アシカは助けてやらない。なんかえらそうにしてるから」

コスモはそういうと、招《まね》かれもしないのに部屋に入ってきて、一本のパイプを差し出した。シャーロック・ホームズがつかうパイプに形は似《に》ているけれど、色はけばけばしい紫《むらさき》で、ふくとシャボン玉が出てくるやつだ。

「これをふかしていると、いい考えがうかぶんだ。つかってみてよ」

わたしは肩《かた》をすくめてパイプを受け取り、口にくわえてイライラをふきこんだ。シャボン玉がふたつ、みっつ出てきて、部屋のむこうにふわふわ飛んでいったかと思ったら、そのまま窓《まど》の外へ出ていった。

とそのとき、遠くでけたたましいサイレンの音が鳴りだした。

「煙探知機《けむりたんちき》だ」

コスモがいってパイプを指さす。

「なわけないでしょ」

わたしは立ち上がり、玄関《げんかん》へ走った。

「警察《けいさつ》のサイレン。きっとラリーだ」

サイレンの鳴っている方向をめざして通りを進んでいく。来なくていいといったのに、うしろからコスモがついてくる。警察官《けいさつかん》の姿《すがた》が見えると、低木のしげみにふたりしてかくれて、話をぬすみぎきする。

警察官《けいさつかん》が立っているのは、ミセス・ニンバスの家の前だった。パジャマにガウンをはおったニンバスさんの頭には、ピンクのカーラーが飛びはねている。ちっちゃなピンクの考えが頭のなかからいっせいにこぼれ出て、外へ逃《に》げようとしているみたいだった。

「わたしのノームたち！　だれかが庭からノームをぬすんでいったのよ！」

ニンバスさんがどなっている。

「いくつぬすまれたんですか？」

警官《けいかん》にきかれて、ニンバスさんがこたえる。

「百四十七」

警官《けいかん》がそれを手帳に書き取る。

「で、その庭の置物は、どういう役に立つんでしょう。金額《きんがく》はどのくらいですか？」

「妖精《ようせい》よ！　わたしの心の友であって、お金にかえることなんてできないわ！」

「わかりました。とりあえず必要な情報《じょうほう》はそろいましたので、さっそく近所できいてまわりましょう……」

立ち去ろうと警察官《けいさつかん》が背中《せなか》をむけたとたん、その腕《うで》をニンバスさんがつかんだ。

「待って！　まだ名前を教えていないでしょ」

「近所の人の、ですか？」

「違《ちが》うわ。百四十七のノームの名前に決まってるでしょ。まずはビンフィー。それからダフードル。そしてファジウィック。ループグリーン。ズームウィンクル。ニッケルベルズ。ピンパートに……」

いいおわる前に、こちらはそそくさと退散《たいさん》する。ニンバスさんは、だんなさんが生きているときにいっしょによく旅をして、行く先々《さきざき》で見つけたノーム、つまり庭の置物をすべて買って帰った。そうして、きく耳のある人には、かたっぱしからその話をする。その話につきあわされるのがいやで、いまはだれもニンバスさんに近づかない。

コスモとわたしは引き続き、通りの先へと進んでいく。

歩きながら、自分にそなわったスーパーパワーについて考えた。そのことはパパにはいっていなかったと思う。パパが病気になってから身についた力で、パパが死んでしま

ったあと、その力を最大限発揮《さいだいげんはっき》できるようになった。

　その力をえたわたしは、闇《やみ》のなかでも見える赤外線暗視《せきがいせんあんし》ゴーグルをつけているようなものだった。この世界にあるものにはすべて、肉眼《にくがん》では見えない面があって、それがいまのわたしには見える。つまり、ニンバスさんは頭が変になったわけじゃなくて、ひたすら悲しいのだ。だんなさんが亡《な》くなってさみしいから、ノームの話をする。わたしももう何百万回もきいていて、たいくつな話にいや気を起こしていた。

　それがいまは……どういえばいいんだろう。だんなさんとの思い出を人に語りたいニンバスさんを見ていると、自分のことを考えてしまう。わたしは、パパとの思い出をどうすればいいんだろう。以前にはわからなかったニンバスさんの気持ちが、いまはよくわかる。つまりそれが、わたしにそなわった新たな力だった。

「コスモ、しっかり目をあけててよ」

　近所を歩きながらわたしはいう。

「なんでもいいから、変わったことや、ふつうじゃないことが起きていたら教えて。見たらすぐ大声で――」

「ひゃあ、なんだあれ！」

コスモが大声でさけんだ。

「そうそう、そんなふうにさけんで教えて」

コスモがわたしの腕《うで》をひっぱって、指さす。

通りの先にずらりとならぶ家々《いえいえ》の、郵便《ゆうびん》ポストがひとつ残らず消えていて、支柱《しちゅう》だけが立っていた。庭で遊ぶゲームやおもちゃ、バーベキューコンロなんかも消えている。

住人は芝生《しばふ》の上にぼうぜんと立ちつくしていて、何が起きたのかわからないようだった。

「異星人《いせいじん》のしわざだ！　うちのバーベキューコンロがほしくて持っていったんだ！」

男の人が、おびえた顔で近所の人たちに話している。

「ちょっと見てよ、これ」

わたしはコンロが置いてあったらしい地面を指さして、コスモにいった。ネコの足あとが点々《てんてん》とついていて、それが低木のしげみの奥《おく》に消えている。

「やっぱり予想どおり。犯人《はんにん》はネコだ」

わたしはコスモに、自分の推理《すいり》を話そうかどうか、迷《まよ》った。ネコはどろぼうに追いかけられただけであって、どろぼうもべつにバーベキューコンロがほしいわけではなかった。どろぼうは、ふわふわした動物が好きで……。

「コスモ、ちょっとたのみをきいてくれる？　家に行って――」

「ミルクを取ってくるんだね？」

「ミルク？」

どうしてそうなるのか。

「どろぼうネコをおびきよせるんでしょ」

「ああ、それはいい考えね」

「まかせとき！」

コスモはいうなり、満面の笑顔《えがお》で走りだした。

♪さ〜さ、ネ〜コをつかまえるぞ〜♪　と、歌いながら家へ走っていく。変なやつ。

いったいわたしはだれをたよりにすればいい？

ブラックホールをさがすために、ネコの足あとをたどっていく。

と、また遠くで、さっきよりたくさんのサイレンが鳴りだした。人々《ひとびと》のどなり声。赤ちゃんの泣き声。

どうやら世界は終わりに近づいたようだ。どれもこれも、全部わたしのせいで。

10 世界を食べたブラックホール

「べつに世界が終わるわけじゃあるまいし」

人はよくそんなことをいう。結婚式《けっこんしき》に雨が降《ふ》ったり、だれかが水たまりにしりもちをついたり、四年生のとき、クラスの集合写真を撮《と》る日に、わたしが先生とまったく同じシャツを着てきたときなんかに。

それでも、「ペットにしているブラックホールが逃《に》げだして、地球を食べはじめたの」とだれかがいえば、「なるほど、そりゃあ、ほんとうに世界の終わりだな」と、きっとそういうはずだ。

でも、ブラックホールによる世界の終末って、いったいどんな感じなんだろう？

ラリーをさがして通りを歩いていきながら、ブラックホールが世界を食らおうとするなら、やっぱりこのあたりから始めるだろうと思えてきた。色とりどりの家々《いえいえ》に、綿菓《わたが》子《し》のような生《い》け垣《がき》や、スティック入り粉末《ふんまつ》キャンディでつくったようなブランコがあって、たいくつな日常《にちじょう》がえんえんと続いていく。

野原の前を通り過《す》ぎるとき、ふと思った。もしブラックホールが、セミや、コオロギや、カエルなんかをかたっぱしから飲みこんで、そういうものがあった記憶《きおく》も、人々《ひとびと》の頭のなかから消してしまうとしたら、どうなるんだろう？

そうなったときに、たとえばコスモにこんなことをきいてみる。

「夜明けの時間に草原の真ん中に立って、セミの声をきくって、どんな感じだか覚えてる？」

するとコスモはいうだろう。

「えっ、セミ？　何それ？」

セミが消えると同時に、セミの記憶《きおく》も消えるんだから、わかるはずもない。でもって、わたしもその時点では、セミの記憶《きおく》は消えているから、こたえられない。植物だっけ？　それとも動物？　アイドルスター？　法律《ほうりつ》？　車？　季節？

そうであれば、ブラックホールが何かを飲みこんだせいで、もっとみょうな事態《じたい》になることだって考えられる。たとえば、宿題をやってこなかった子どもが、「犬が宿題を食べちゃったんです」という決まり文句《もんく》で先生にいいわけしようとする。でも犬がブラックホールにすべて飲みこまれて、犬の記憶《きおく》も頭から消えてしまったら、子どもと先生の会話はこんなふうになる。

「　が宿題を食べちゃったんです」

「何が食べたんだって？」

先生にきかれても、子どもはこういうしかない。

「だから　が！　が！」

どんなにさけんでも「犬」という言葉だけは口から出てこない。すでに犬はこの世に存在《そんざい》しなくて、人々《ひとびと》の記憶《きおく》のなかからも、犬がいた事実は消えているから。子どもがはっきりいわないので、先生は、算数の宿題を食べたのはユニコーンだと考えるかもしれない。

新聞の大見出しはきっと、こんな感じになっていくだろう。


号外！　号外！　これまでにない　の博物館が本日オープン！

注意警報《けいいほう》！　大きな　が動物園から逃《に》げだした！

朝食のテーブルで新聞を読むママが、首をひねっている場面が目にうかぶ。これはパスタの博物館なのかしら（おもしろいかも）、それともかみ終えたガムの博物館なのかしら（げーっ）。動物園から逃《に》げだしたのは、大きなライオンなのかしら（キャーッ！）、それとも大きな赤ちゃんアヒルなのかしら（これは、うれしい！）。いくら考えてもわからない。

だけど、人間はどうだろう？　もしブラックホールがだれかを飲みこんでしまったら、その人は死んでしまったのと同じことになる？

いや違《ちが》うな。死ぬだけなら、その人の思い出は残る。けどブラックホールが、飲みこんだものの存在《そんざい》を消すだけじゃなく、それにまつわる記憶《きおく》も消してしまうんだとしたら、そういう人は最初からいなかった、ってことになるんじゃないの？

そんなの悲しい……と思ったけど、よく考えてみたら、わたしはそれとは正反対の世界にいた。大切な人は死んでしまったのに、その人の記憶《きおく》は、大きなものも小さなものも、部屋をうめつくすほどにたくさんあった。

ごく自然に身をかがめて、わたしの靴《くつ》ひもを結んでくれたパパ。レコードに合わせて、へんてこなダンスをしていたパパ。料理をすれば、いつもこがしてばかり。パパの笑顔《えがお》と、パパのにおい。ガレージにラジオを置いて、野球中継《やきゅうちゅうけい》をいっしょにきいていたときに、いつも流れてきたシューシューいうやわらかな雑音《ざつおん》。

そういう思い出をブラックホールが全部飲みこんでくれたら、きっともう胸《むね》が苦しくならないですむのかもしれない。

パパがいなくて、とりわけさみしいと思うのは、なぐさめてもらいたいような、何か悲しいことがあったときじゃなくて、まったくその逆《ぎゃく》。

何かうれしいことがあって、家に走って帰ってパパに伝えて、パパのよろこぶ顔を見たいと思うときだった。たとえば、科学の大きな発見があったことを雑誌《ざっし》で読んだり、学校の食堂《しょくどう》で小さなジョークを耳にしたりしたとき。いつだったか、新しい星座《せいざ》を思いついてうれしくなったけど、よろこんだのはほんのつかのま。きっとパパも気に入るんじゃないかなと、そう思った瞬間《しゅんかん》、うれしい気持ちはぱっと消えた。世界を食らうブラックホールに飲みこまれたように。

そうか、ブラックホールもうまくつかえば、悲劇《ひげき》をもたらすばかりじゃないんだ。思い出がなくなれば、悲しみもなくなるのかもしれない。

★11

この章はブラックホールに食べられてしまいました。
どうぞ12章へお進みください。

12 帰ってきたブラックホール

でも世界は終わらなかった。

ゴジラ級のパワーを持つゴミ吸引処理機《きゅういんしょりき》のようにラリーが繁華街《はんかがい》や町をうろついてなんでもかんでもかたっぱしから飲みこんでいくさまを想像《そうぞう》しながら、がっくりうなだれて家に歩いて帰る。

その道すがら、ふと顔を上げたところ、わっと群《むら》がっているハチドリの一群《いちぐん》が目に飛びこんできた。ハチやガンと違《ちが》って、ハチドリには群《む》れで行動する習性《しゅうせい》はないから、これは異様《いよう》な光景だった。わたし自身、一羽でいるのしか見たことはなくて、そのときもハチドリは人に姿《すがた》を見られたくないようにこそこそしていた。

だから商店街の証明書用写真撮影《しょうめいしょようしゃしんさつえい》ボックスの前に、二ダースほどがわんわん群《むら》がっているというのは、どう考えても変だった。

好奇心《こうきしん》にかられ、気づかれないようにそろそろと、緑に光る小さな小鳥たちに近づいていく。と、ふいにパシャ、パシャッというシャッター音が連続してきこえてきた。カーテンは閉《し》まっていて、なかにだれがいるのかわからない。下に目を落とすと、カーテンのすきまから、ひとつながりになった写真がひょろりと出てきた。

「ラリー！　あんただったのね！」

　どなってカーテンを勢《いきお》いよくあけた。

　ラリーがふりかえった。せまい室内をきょろきょろ見まわしている。逃《に》げ道《みち》をさがしているのだ。

「いいんだよ。もうおこってないから。無事でよかった。いなくなってさみしかった。ほんとうだよ。あんたはとってもおりこうさんで、こんなすごいブラックホールを見たのは初めてだよ。おうちに帰ろうよ、ねっ、いいでしょ？」

　必死になだめた結果、ラリーがついてくるようすを見せた。見れば、犬のグレートデンほどに、体がひとまわり大きくなっていて、うるさくつきまとうハチドリをよけようと、上下左右に、ぼこぼこ体をゆらしながら歩いている。しまいにがまんの限界《げんかい》にきたようで、スピードを上げて、ハチドリの群《む》れをふりはらおうとする。ところがぜんぜん

だめだった。まるで頭をぶつけた漫画《まんが》のキャラクターみたいに、頭に小鳥が群《むら》がって、ピーチクパーチクいっている。

「ねえ、ラリー。あんたひょっとして、ご近所さんが置いているハチドリのえさ入れを飲みこんだりしなかった？」

家に着くと、さとう水をつかってハチドリの群《む》れの気をそらし、そのあいだにラリーを自分の部屋にこっそり入れた。閉《し》めたドアを背中《せなか》で押《お》さえるようによりかかり、ため息をひとつつく。ろうかに足音がして、それからわたしの部屋のドアをノックする音がひびいた。

「虫ちゃん、ママよ。帰ってきたのが音でわかったわ。じゃまはしたくないんだけど、セレステおばさんが夕食を食べにくるの。それでね、おばさんが誕生日《たんじょうび》に編《あ》んでくれたセーターがあるじゃない。あれを着てテーブルに着いたらよろこぶと思ってね。いい考えでしょ。ママはこれから買い物に出ないといけないの。どういうわけだか知らないけど、冷蔵庫《れいぞうこ》に入っていたミルクをコスモが全部どこかへ持っていっちゃったの」

うわっ！　セレステおばさん接近中《せっきんちゅう》。しかもあのおそろしいセーターを着なくちゃいけないなんて最悪だ。

セレステおばさんのセーター。それをわかりやすく説明するのは難《むずか》しい。あれを着るのは、幽霊屋敷《ゆうれいやしき》を着るようなもの。首の内側みたいなところにみょうなポケットがついていたり、何につかうかわからない穴《あな》があいていたり、わきの下にファスナーがついていたりする。

そして手ざわりがなんともいえない。セレステおばさんが白雪姫《しらゆきひめ》で、小鳥たちにセーターを編《あ》むのを手伝ってもらったとしか思えない。ただし小鳥は漫画《まんが》じゃなくて本物の鳥で、小枝《こえだ》や棒《ぼう》や泥《どろ》という素材《そざい》をつかって、巣作りをするようにセーターを編《あ》んだんだろう。

着てみれば、滝《たき》のようにどっと汗《あせ》がふきだしてくるのに、どこかから風が入りこんでスースーする。夏の日に気温が三十二度を超《こ》えるせま苦しい部屋に閉《と》じこめられ、すぐそばで扇風機《せんぷうき》ががんがんまわっている感じだった。パパもきっと覚えているはず。おばさんはよくパパにもセーターを編《あ》んでいた。

クローゼットにとんでいってなかをひっかきまわし、セレステ謹製《きんせい》セーターを次々《つぎつぎ》と発掘《はっくつ》して、ゆかの上につんでいく。いったい何をしているのかと、ラリーがようすを見にやってきた。

「これよこれ」

ディスコに飛びこんだヒツジ、としかいいようのないセーターをかかげてみせる。

「三年前のクリスマスにもらったやつ。これを着ると、手を紙で切ったときみたいな傷《きず》ができるんだよ。そんなセーターってある？」

ところが、ラリーはもちろんふわふわしたものに目がなく、わたしにとっては見たくもないセーターをうっとり見つめている。

「ほら、ほしいんでしょ？」

わたしはいって、セーターをかかげてみせる。

ラリーが近づいてきて、セーターの目の前でうれしそうに足をとめた。それからどうしたか？

「そのおぞましいセーターを飲みこんだ」とこたえたあなたは頭がいい。「それでわたしは、ゆかの上につんだセーターをすべて、一枚《まい》ずつラリーに飲みこませた」とこたえたあなたはさらに優秀《ゆうしゅう》。さらに、「そのあとわたしは、きっとラリーはトラブルのタネじゃなく、ペット宝《たから》くじに当たったような、もうけものなのかもしれないと思いながら、安らかなねむりについた」と考えたなら、あなたは天才だ。

13 わたしの悩《なや》みを消してくれるブラックホール

「セーターは全部なくしちゃったって、どういうこと？」

わけがわからず、ママはひたすらおどろいている。

「わからないの」

わたしはいって、自分は被害者《ひがいしゃ》だというように両手をかかげる。

「クローゼットのなかを見たら、いつのまにか全部……消えていた。あとかたもなく。

ほんと、ふしぎだよね」

「コスモ、あなた、何か知らない？」ママがきく。

コスモはシャボン玉のパイプと小さなノートを取り出した。

「おそらくこれも、庭のノームとバーベキューコンロをぬすんだネコのしわざだろうね」

そこでママがわたしに、うんざりした目をむける。コスモの言葉を人間のわかる言葉に通訳《つうやく》してもらえない？　そういっているようだった。

わたしは肩《かた》をすくめた。自分の小さな疑問《ぎもん》だけで頭がいっぱいで、セーターやブラックホールのことを考えずにすむコスモやママがうらやましい。

その夜はありがたいことに、セレステおばさんがやってきたとき、わたしはコットン製《せい》で、腕《うで》を通す穴《あな》がふたつだけの、ふつうのT《ティー》シャツを着ていた。

「まったくおかしな話でね……」

ママはお茶をいれようと、キッチンにセレステおばさんを通しながら消えたセーターの話を始めた。

「ちょっときいてよ、ボクのセーターからおかしな音がするよ」

コスモがいうものの、だれも耳をかたむけないようだった。

「ドアがキーッていう音とか……子どもたちの笑い声も……ねえ、きいてる？」

わたしのほうはまんまとセーターから逃《に》げおおせた！　できることなら、ラリーとハイタッチをしたい。まるで革命《かくめい》だ。こんなすごいことがあるだろうか。自分の手をよごさずに、きれいさっぱりセーターをやっかいばらいできた。宇宙現象《うちゅうげんしょう》に飲みこまれたのだ。現代科学《げんだいかがく》における最大の規則《きそく》やぶりといっていい、すごいぬけ穴《あな》。それをわたしは自在《じざい》に活用できる。

というわけで、いろいろ実験をしてみることにした。まずは芽キャベツ。これはアリの農場で育ったキャベツ？　それとも一口サイズにしたトロールの鼻くそ？　しなびた火星人の頭？　いまだに正体がわからないけれど、こういうものは一口だって口にしたくない。わたしがきらいだってことをママは知っているから、ゴミ箱に捨《す》てればすぐ、犯人《はんにん》はわたしだってわかってしまう。けれどその夜は、ゴミ箱にも、わたしの胃《い》のなかにも、芽キャベツは入らなかった。バンザイ！　やつらはブラックホールに降《ふ》る流星雨のように、果てなき闇《やみ》に消えていったのだ！

その夜に、同じ実験をもう一度してみた。

ママにいわれて、今日は自分がゴミ捨《す》て当番だと気づいたときだ。うちとゴミステーションまでのあいだには、カタツムリとナメクジの地雷原《じらいげん》のような芝生《しばふ》が広がっている。靴《くつ》をはいているんだから、何も大さわぎするようなことじゃないと、そういわれるかもしれない。ならば、うっかりカタツムリの殻《から》をふみつけて、カタツムリの中身が靴底《くつぞこ》にへばりついた経験《けいけん》をしてみるといい。きっとそれからは、わたしと同じように、自宅《じたく》のコンポストボックスに生ゴミを入れる要領《ようりょう》で、ラリーという名の新しい友人にゴミをかたっぱしから食べさせる方法を選ぶことだろう。

ついでにわたしは、夏休みの読書課題と、もうずっと書いていない、考えただけでぞっとする、はずかしい日記も食べさせた。

そのあとはコスモの部屋にむかった。まずは海の戦士《せんし》ストーム・ネプチュニアンから。コスモはおもちゃをいくらでも持っているんだからいいだろう。このばかげたしゃべる人形をなくしてしまえば、もう二度と、背《せ》すじの寒くなるような〝海ダジャレ〟をきかないですむ。これもブラックホール行きだ。

「行ってらっしゃい、海の戦士《せんし》ストーム・ネプチュニアン」

「オレはイカないよ――――！」

機械でつくられた音声とともに、海の戦士ストーム・ネプチュニアンは闇《やみ》に消えた。

それからいよいよ、毎日の生活でもっとも迷惑《めいわく》をこうむっているものを処分《しょぶん》しにかかる。つまり、コスモが愛してやまない音楽。どういうものだか、説明さえもしたくない。弟はビーグルズという子どもバンドのレコードばかりを集めているとだけいっておこう。そのヒットナンバーというのが、こわれたエレベーターについて歌った「七階への階《かい》段《だん》」や、うわさ好きの雌牛《めうし》について歌った「ゴシップ・カウ」といったもの。とにかく、くだらなすぎるのだ。

そういったレコードをコスモはボリュームをめいっぱい上げて、朝から晩《ばん》までできいている。だからレコードを手に入れるためには、コスモがおふろに入るまで待たなければいけない。

でも、それはいくらなんでもかわいそう。弟が何より大事にしているレコードを、円《えん》盤《ばん》投《な》げのようにラリーに投げるなんて、どうしてそんなことができるの？ そういうなら、わたしと同じように、「カッパだったらよかった」（かさを持っていないときに雨に降《ふ》られたゾンビが、自分の身の上をなげく歌）を四千回もきかされてみるといい。

そのあとで、自分ならどうするか、意見をきかせてほしい。

14 わたしのこわれた心を飲みこんでくれたブラックホール

その夜、天井《てんじょう》の星空をながめながら、あやうく世界がブラックホールに飲みこまれそうになったことを考えた。

一瞬《いっしゅん》、それって悪くないかも、なんて思ってしまった。消えてこまるものもあるだろうけど、それといっしょにつらいことも消える。天井《てんじょう》で光る星ばかりか、それにまつわる記憶《きおく》をすべて消して、悲しくなるものは何もかも、全部なかったことにしたい。

ブラックホールは、ばかげた野菜や、おぞましいセーターなんかを処分《しょぶん》してくれたけど、それ以外のものはどうだろう？　たとえば、この天井《てんじょう》の星とか？　パパといっしょにこれをつくったときのことはどうしたって忘《わす》れられない。でも思い出すと悲しくなる。わたしはもう悲しいのはいやだった。

そうなると、思い出をよみがえらせるものを取《と》り除《のぞ》くしかない。ひとつひとつラリーに食べさせていけば、いずれわたしを悲しい気持ちにさせるものは何もなくなる。やってみて損《そん》はないだろう。

箱をひとつ用意し、それを持って部屋から部屋へ、暗い家のなかを進んでいく。そうしながら、パパを思い出させるもの、胸《むね》にぽっかり穴《あな》があいたように感じさせるものをすべて集めて箱に入れていく。

ガレージセールでパパと買った岩石研磨機《がんせきけんまき》といっしょに、夜おそくにパパと探検《たんけん》するときにつかったヘッドランプを入れる。一九七五年にパパと実験をしているときに爆発《ばくはつ》を起こしてしまった、化学実験セットと割《わ》れたビーカーも。パパといっしょにつくった元素《げんそ》の周期表のポスターも丸め、わたしがつくった昆虫採集《こんちゅうさいしゅう》の標本箱と人間の脳《のう》の模《も》型《けい》や、あらゆる宇宙飛行士《うちゅうひこうし》に関する情報《じょうほう》を集めた百科事典も、全部箱に入れる。ついでにパパの帽子《ぼうし》も入れた。NASA《ナサ》のマークが正面についた赤いやつ。

ふたりでつくった架空《かくう》の天体の模型《もけい》も放りこむ。これは学校の科学クラブ、ビーカーズのメンバーになるために、パパに手伝ってもらってつくった。その集まりにはしばらく参加していない。どうせ参加しても、だれもわたしには話しかけてこない。

パパといっしょに、その天体にある山や平原や火山にすべて名前をつけ、正しい軌道《きどう》に月の模型《もけい》をくっつけて、架空《かくう》の天体に名前もつけた。つまりは「ステラリウム」だ。

できあがるまでに何週間もかかった。ほんとうによくできていると思うけど、これもやっぱり手放さないといけない。

　そうして箱に集まったものたちのてっぺんに、最後のひとつをのせる。ボイジャーのゴールデンレコードに入れてもらうはずだった、パパの笑い声を録音したテープだ。

　箱がいっぱいになると、それをラリーのところへ持っていく。ラリーはわたしのベッドの足もとで、黒い泥《どろ》だまりのようになってまどろんでいた。

「起きて、ラリー。深夜のおやつはいかが？」

　よろこんで起き上がった食いしんぼうのラリーに、わたしはひとつひとつ食べさせていく……。

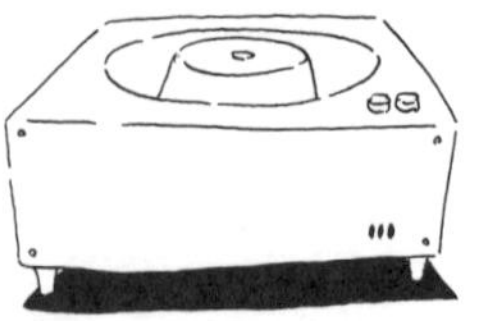

岩《がん》石《せき》研《けん》磨《ま》機《き》
ヘッドランプ
化学実験セット
ビーカー数個《すうこ》

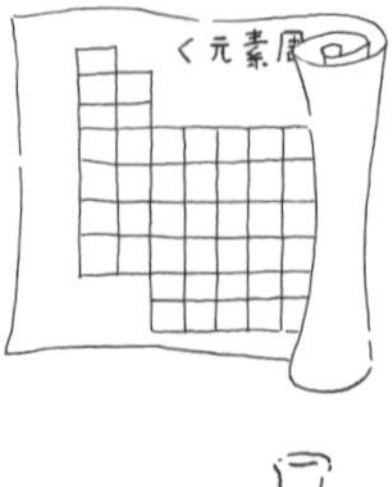

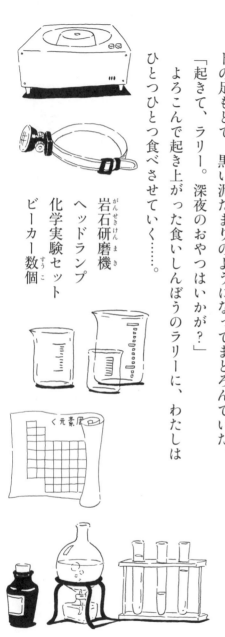

元素《げんそ》の周期表のポスター
昆虫採集《こんちゅうさいしゅう》の標本箱
人間の脳《のう》の模型《もけい》
宇宙飛行士《うちゅうひこうし》の百科事典
パパの古い帽子《ぼうし》
天体ステラリウム
そのほか、いろいろ……。

ラリーがひとつひとつ飲みこんでいき、もうどれも二度と取り返すことはできない。
そして、箱の暗い底に残っているものが、とうとうひとつだけになった。パパの笑い声。小さなテープレコーダーごとそれを取り出してみる。録音、再生《さいせい》、停止《ていし》ボタンがついている。もうききたくはない。きけば決心がにぶる。
ところが、それを差し出しても、ラリーは飲みこもうとしない。わたしの顔をじっと見ている。ほんとうにいいのかと、そういっているようだった。
でもわたしはためらわない。決行する。録音テープを、さらにいえば、パパとのあらゆる思い出を消し去りたい。そうすればもう……何も感じなくなる。

しまいには、進んで食べてくれるよう、わたしの新しい靴《くつ》の左足にテープレコーダーをつっこんでラリーに食べさせた。

全部すんでベッドに入ると、さあ何か状況《じょうきょう》が変わっただろうかと考えた。以前と気分が違《ちが》う？　気持ちが晴れて、解放《かいほう》されたような気がする？

手をのばして、何気なくあごにふれてみる。一九七五年に起こしたビーカー爆発事件《ばくはつじけん》でできた傷《きず》がそこにあるはずだった。なのに、あれ。いつもなら、そこに指をすべらせると三日月形の傷《きず》があるはずだった。それがいまは……。

何もない。

起き上がって照明をつけ、鏡のあるところへ行く。傷《きず》が見える角度に顔をむけ、鏡に映《うつ》してみる。

「うそっ！」

鏡に映《うつ》った顔にいう。

「うそっ！」

鏡に映《うつ》った顔がいう。

肌《はだ》はなめらかで、しみひとつない。あの傷《きず》はどこへ？

ビーカーをラリーに飲みこませたことで、そのビーカーは、元からこの世には存在《そんざい》しないことになった。

パパとわたしの目の前にはなかったわけだから、「ビーカーをつかって火山をつくろう」なんて実験を、そもそもパパとふたりで思いつくわけがないし、わたしがまちがった液体《えきたい》をまちがった順序《じゅんじょ》で入れて、実験が失敗して爆発《ばくはつ》することもなかった。

つまり、ブラックホールはなんだって消せる。

何かを飲みこんで、この世から消すだけでなく、それがあったから生まれたものや、それが原因《げんいん》で起きた出来事も、すべてなかったことにしてしまう。つまり、過去《かこ》も変わってしまうのだ。

15 虫を飲みこんだブラックホール

翌朝《よくあさ》、ママのようすがものすごく変だった。前の晩《ばん》にわたしがラリーにさまざまなものを飲みこませたことと、何か関係しているのだろうか。

まずおかしいのは、わたしが起きているかどうかたしかめに来たこと。日曜日だというのに。

「ステラ。すぐ、おりてくるわよね？」

部屋のドアをノックしてそういった。

「はあ？　家が火事にでもなった？」

わたしはあくびまじりにいった。

「朝食を食べる時間でしょ。おりてこなくちゃだめよ。コスモも起こすから」

ばかにうれしそうな声でママがいう。

わたしは目をこすってねむけをさまし、足を片方《かたほう》ずつゆかに下ろしてから、ベッドから起き上がった。

いったいどうなってるの？　わけがわからないままに階段《かいだん》をおりていく。何かおかしいのはわかるけれど、何がおかしいのかがわからない。

キッチンに行ってみると、テーブルについたママがここしばらく見なかったような、じつに晴れやかな顔でにこにこしていた。

「おはよう、ママ……」

あいさつをして、腰《こし》を下ろす。

「ガスもれとか、何かあった？　なんか、ようすが変だけど」

「変じゃないわ。あなたにビックリプレゼントがあるの」

ママがちゃめっ気たっぷりにいう。

「ふーん……」

ママがわたしの手を両手でつつんだ。

「ステラ、このところ、ほんとうに大変だったわよね。わたしたち家族みんながそうだった。強い心で乗り切ったあなたをママはとてもほこりに思ってるの。自分を見失わず、ほんとうによくがんばったわね」

「ママ」

「なーに、ステラ?」

「いま……わたしをステラって呼《よ》んだ」

「ええ、そうよ」

ママが声をあげて笑った。

「それがあなたの名前でしょ。ほかにどう呼《よ》ぶっていうの?」

虫ちゃん。ママはずっとそう呼《よ》んでたのに。と、次の瞬間《しゅんかん》、ラリーに飲みこませた昆虫採集《こんちゅうさいしゅう》の標本箱を思い出した。ひょっとして、あれが消えると同時に、わたしがなかったことにしたいと思っていた、「虫ちゃん」というニックネームも消えたってこと?

うわあ。

「まあ、くだらない話はさておき、あなたに何かしてあげたいと思ってたの。そうしたら、このあいだ、あなたの部屋で子犬のしつけの本を何冊《なんさつ》も見つけてね。それで思ったの、そうか、守らなくちゃいけないものがあれば人は強く……」

「ちょっとママ、まさか――」

ところが最後までいわないうちに、幼児用《ようじよう》のつなぎパジャマを着たコスモが飛びこんできた。髪《かみ》の毛《け》がツンツン立っている。

「ふたりとも、きいてよ！」

大声をはりあげて、フレームに入った写真をふりまわしている。

「パパの帽子《ぼうし》が消えてるんだ！　写真のパパは、あの赤い帽子《ぼうし》をかぶってたんだよ。なのに、いつのまにか消えてる！　パパとボクが野球の試合を観《み》に行ったときの写真！」

「知ってるわ、楽しい試合だったのよね」

ママはそういってコスモを自分に引きよせて、写真をわきに置かせた。

「ねえコスモ、きいてちょうだい。ちょうどいま、おねえちゃんと話をしていたの。おねえちゃんは子犬のしつけについて勉強してるらしいの。それでママはあなたたちふたりに、ビックリプレゼントをおくることにしたのよ」

「ちょっと待って、赤い帽子《ぼうし》のことはいいの？　NASA《ナサ》のマークが入ったやつだよ？」

「はいはい、それはママが買ってきてあげるから」

ビックリプレゼントに子どもたちがまったく興味《きょうみ》を示《しめ》さないのにくじけず、ママはせいいっぱい明るい顔でいう。

コスモがよこしてきた写真を、わたしはまじまじと見る。信じられない。コスモのいうとおりだった。写真から赤い帽子《ぼうし》が消えている。昨日の夜、ブラックホールに飲みこませた、あの帽子《ぼうし》……。

「ほうら、ビックリプレゼントよ！」

気がつけば、ママがキッチンのドアをあけ、側面に穴《あな》がいくつもあいた箱を持って立っていた。

「きれいな箱だね！」

コスモがいう。

「ありがとう。でもおどろいてほしいのは箱じゃないのよ。ほら、あけてみて」

ママにいわれたとおり、ふたりで箱をあけてみる。もちろん、あけるまでもなく、中身はわかっている。大惨事《だいさんじ》、と呼《よ》ぶしかないもの。

災難《さいなん》。

破滅《はめつ》。

悲惨《ひさん》。

「犬だ！」

コスモがさけんだ。

16 ナマエワナイ

「だけど、どうしてそんなにふわふわした犬を買わなくちゃいけなかったの？　こんなにやわらかくて、軽くて、見るからに消化のよさそうな……」

だれもわたしの話などきいていなかった。きくはずがない。なにしろ部屋のなかには、ふわふわして、やわらかくて、軽くて、見るからに消化のよさそうな子犬がいて、みんなをすっかりとりこにしているのだから。

ママは子犬の寝場所《ねばしょ》をわたしの部屋に決めた。あらゆるしつけの本から学んだことがあるとすれば、それはつねに厳《きび》しい態度《たいど》でのぞまねばならないということ。相手が犬でもブラックホールでも同じだ。その子犬――いずれ食べられてしまう動物に愛着がわくといけないから、名前はつけていない――は、ゆかの上に置いたケージでねむらせ、ラリーはベッドの上でねむらせることにした。

じっくり時間をかけて、そのきまりをふたりに説明したのに、照明を消して五分もすると、子犬が正気を失ったようにキャンキャン鳴きだし、ラリーがベッドからこそこそ出ていった。

「ストップ。そこまで。そう、そのまま」

わたしはラリーにいった。

「見るからにふわっふわだよね。でも、この犬にはふれちゃだめ。つまり、食べるなってこと」

ラリーはバタリとゆかにたおれ、すっかり打ちひしがれたようす。

「じゃあ、変えよう。子犬がベッドで、ラリーはゆか」

それで子犬の鳴き声はやんだものの、こちらがうとうとするたびに、決まってある気配を感じる。そうしてはっと目をあけると、案の定、目の前にラリーがいた。わたしのベッドにいるふわふわの子犬を食べてしまおうなどとは、夢《ゆめ》にも思わないというように、まったく無邪気《むじゃき》な顔をして。

その夜のすいみん時間は、全部合わせても十二分くらいだったと思う。

「なんか、つかれてるみたいだね」

朝食の席でコスモにいわれた。

「犬のせいで、ずっとねられなかったの？　そうだ、〝犬〟じゃなくて、名前をつけなきゃいけないいんじゃない？」

わたしはつかれていて、おこりっぽくなっていた。それにこの世にそう長くはいられない動物に、愛着を持ってはまずいと、まだその心配をしていた。

「名前はない」

コスモは芝居《しばい》がかったようすで遠くを見つめ、「ナマエワナイ」といいながら、空に文字を書くように手を動かす。

「呼《よ》びやすいでしょ」

わたしはそれだけいうと目を閉《と》じて、テーブルにつっぷした。二階で子犬の鳴き声がきこえている。わたしの部屋のドアの前でクーンクーン鳴いて、なかに入れてくれといっている。入ればたちまちラリーのランチになってしまうとも知らずに。

じきにわかってきた。わたしの二匹《ひき》のペットはまったくの別物。一方は宇宙現象《うちゅうげんしょう》であり、もう一方は犬。一方は、その謎《なぞ》につつまれた内部構造《こうぞう》で天文学者や天体物理学者の興味《きょうみ》をひきつけてやまず、もう一方は、ちょっとより目で、なんでもかんでもペロペロやらずにはいられない。一方はハムスターで手なずけることができたが、もう一方はどうやら、風や雨を相手にするように、手なずけるのは難《むずか》しそうだった。

「おすわり」

ごほうびを目の前にかかげて、ナマエワナイに命じてみる。

「ゴロン。おいで。ふせ。待て」

何を命じても、子犬の反応《はんのう》は同じ。首を右にかたむけ、左にかたむけ、また右にかたむける。首をさまざまな方向にかたむけることで、意味不明なわたしの言葉が、そのちっぽけな脳《のう》みそでも理解《りかい》できるようになる、とでもいうようだった。

そんなわたしたちのいるところに、ラリーが決まって影《かげ》のようについてくる。わたしの命令が、子犬ではなく、自分に下されていると思うのだろう。ちらっと横目をむけると、ラリーがおすわりをして、ゴロンをして、そばに来て、ふせをして、待っている。

ふーむ。そこで思いついた。ラリーをつかえばいいのだ。

部屋の片側《かたがわ》に犬をすわらせておき、反対側にラリーを連れていく。

「ラリー、ふせ」

よくしつけられたブラックホールは、ゆかにベシャッと身をふせた。

「よくできました。じゃあ次は、ゴロン」

ラリーは真っ黒な体でゴロンとゆかを転がっていき、よごれたソックスを一足、うっかり飲みこんでしまったものの、それ以外は完璧《かんぺき》だった。わたしは部屋のはしへ行く。

「ラリー、おいで」

ラリーはいわれたとおりにした。わたしが命じて、ラリーがしたがう。何度も何度もくり返されるそのやりとりを、子犬はじいっと見つめている。そのうち、子犬の頭脳《ずのう》の宇宙《うちゅう》の遠い果てで、一瞬《いっしゅん》火花が散ったか、あるいは流れ星がよぎったのかもしれない。なぜなら、もう一度ラリーに「おすわり」と命じたところ、それまでわたしたちのすることをじっと見ていた犬が、ラリーのとなりにとことこ歩いてきて、まねしておすわりをしたのだから。ラリーはおそらく新しい友だちができてうれしかったのだろう。子犬にふれようとはせず、食べることもしなかった。

それどころか、ふたりははなれられない友になって、それから数日のあいだ、いつでもいっしょにいた。ふたり仲良くならんで窓《まど》の外をのぞき、いっしょにねむり、いっしょに遊んだ。バットマンとロビンにもならぶほどの名コンビといっていいかもしれない。

ただし、このコンビは正義《せいぎ》のためにたたかうのではなく、家のなかにあるものすべてを食いつくし、カーペットの上にしょっちゅう糞《ふん》をするだけなのだが。もしテレビに出《しゅつ》演《えん》することになったら、こんなテーマソングがつくられることだろう。

♪ふたりなら、どんな悪党《あくとう》もやっつけられる
ふたりなら、どんなゴールにもたどりつける!
ふたりは大の親友
犬とブラックホール!

17 わたしの現実《げんじつ》を食べてしまったブラックホール

これですべてうまくいったと思った。やったあ！　ブラックホールとしつけの難《むずか》しい子犬を両方とも手なずけた！　もうなんだってできる気分！

なぜ、そんなふうに思ったかって？

それはわたしがばかだから。

どうしてわたしはばかなのか？

それは、ナマエワナイをしつけることにずっと気を取られていたせいで、樹木《じゅもく》の葉にオレンジ色のものが数枚《すうまい》まじっているのに気づかなかったから。まだ夏だと思っていたのに、いつのまにか秋が近づいていて、そのあいだにわたしの世界はひっそりと、かすかな音を立てながら、何もかも崩壊《ほうかい》へむかっていたのだった。

思い出にまつわるものがブラックホールに飲みこまれるとどんなことが起きるか、専《せん》門家《もんか》じゃないのでわたしには知りようがなかった。

けれど明らかなきざしはあった。あごの傷《きず》がそのひとつ。そしてニックネーム。写真から消えた赤い帽子《ぼうし》。そういうものをどうしてわたしは、もっと深刻《しんこく》に受けとめなかったのか？

ある日、自分のニックネームはなんだったかと、考えに考えてようやく思い出した。思い出したらすぐ、忘《わす》れないように書きとめておく。そうして、ラリーに飲みこませた、あらゆるものの名前を書きとめはじめたのは、科学的な興味《きょうみ》もあったけれど、それ以上に、そうでもしないと気が変になりそうだったから。

それからもっと奇妙《きみょう》なことも起きた。来年、地元の全学校を対象《たいしょう》に、科学コンテストがひらかれるときいたので、うちの学校の科学クラブ、ビーカーズのメンバーであるトニー・ルナに電話をかけたところ、相手はわたしなんて知らないという態度《たいど》だった。

「もしもし、トニー。わたし、ステラ」

「どこのステラさん？」

トニーがいう。

「ステラ・ロドリゲス」

いいながら、ほっぺたがかっと熱くなった。

「クラブの集まりにずっと参加していないのは事実だけど、来年の科学コンテストのことをきいたんで、みんなは何を出そうと考えてるのかなって思って。わたし、ブラックホールについておもしろいことを考えたの。じつはね――」

そこでトニーが口をはさんできた。

「ステラ？　学校の？」

「そう、ステラ！　同じ学校のビーカーズに所属《しょぞく》してるの、知ってるでしょ」

「ステラ……。知らないな。いたずら電話か何か？　とにかく、ビーカーズの集まりに、そういう名前の子は一度も来てない。きみはうちのメンバーじゃないよ」

「何いってるの？　去年入ったじゃない。パパといっしょにつくった天体を出品したでしょ。ほら、あの、天体……天体……」

必死になって考えても、どうしても名前が思い出せなかった。

「じゃましてごめんなさい」

それだけいって電話を切った。声がふるえていた。

ノートを取りに行って、ラリーに飲みこませたもののリストを見返した。

天体ステラリウム。

つまり、その天体が存在《そんざい》しなくなれば、わたしは科学クラブには入っていないことになるの？　それなら、トニーがああいう態度《たいど》をとってもおかしくない。

その夜、バスルームの横を通りかかったときのこと。いつものようにコスモがバスタブのなかにすわっていた。でも遊んでいるのではなく、ただすわってシャンプーのボトルをまじまじと見ている。

「何やってるの？」

わたしはきいた。

「シャンプーの原料を読んでいるだけ」

今日のコスモは、ゴーグルも、シュノーケルも、足ひれもつけていない。「おねえちゃんもいっしょに入ってスキューバごっこをしよう」と、おふろに入るたびに決まってさそってくるのに、今日はそれもない。

「何かで遊ばないの？」

わたしはきいた。

「何で遊べばいいの？」

「海の戦士《せんし》ストーム・ネプチュニアンとか？」

「海の戦士《せんし》?」

いったい何が起きたのか、もちろん、わたしにはすぐわかった。

コスモは誕生日《たんじょうび》に海の戦士《せんし》ストーム・ネプチュニアンをもらった。それから彼《かれ》のアニメを見だして歌を覚え、ゴーグルやシュノーケルや足ひれをつけてバスタブに入るようになった。

「ほら、あれ」

わたしはコスモの記憶《きおく》をゆさぶろうと、アニメのテーマソングを歌いだした。

♪イソギンチャ~クもイソギ足
それゆけストーム・ネプチュ ニアン!
海の戦士《せんし》はおおいそがし
イソガイよ~りもいそがしい
それゆけストーム・ネプチュ ニアン!
海の平和を守るんだ!

まるでわたしの頭のてっぺんからイソギンチャクが生えてきたとでもいうように、コスモがわたしの顔をまじまじと見ている。

「おねえちゃん、変だよ」

あっさりそういうと、コスモは顔をそむけ、今度はコンディショナーのボトルに書いてある原料《げんりょう》表示《ひょうじ》を読みだした。

どこから見ても変わり者、完全にどうかしちゃってるコスモが、わたしのことを「変だ」という？　わたしは弟をこわしちゃったのだろうか？

そう思ったら、自分でもおどろいたことに、とたんに悲しくなった。だってわたしは、くだらないものをやっかいばらいしたかっただけ。コスモ本人を変えたいなんて思っていなかったんだから。たしかに、わたしをいらだたせるあらゆるものを、この小さな体にぎゅっとかためてつめこんだような弟ではあるけれど。

でも弟っていうのは、本来イライラするもの。人をイライラさせるくせを持ち、ひどい声で歌い、くだらない話を何度でもくり返す。そういったことのすべてを消し去りたいと姉や兄が思ったとしても、実際《じっさい》にはがまんしている。人間はいい面ばかりじゃないから。

相手を大事に思うなら、東の面も、西の面も、南の面も、全部見ないといけない。イライラする面は見たくないというなら、その人のほんとうにすばらしい面であるかもしれない、北の面も見失ってしまうかもしれない。

ひょっとしたらわたしは、悪い事態《じたい》をさらに悪化させたのかもしれない。そのことにいま、ようやく気づいた。

しかし、物語のなかでこのセリフを登場人物がつぶやくときには、たいていの場合、事態《じたい》は予想以上に悪化しているもので、やがてわたしは最悪の事態《じたい》を招《まね》くことになるのだった。

18 犬を（うっかり）食べてしまったブラックホール

なぜ最悪の事態《じたい》を招《まね》いたのか。それは、ラリーが近くにいるときに、犬と物投げ遊びをしたら楽しいかもしれないと、そう思ったのが始まりだった。外はあたたかく、ママとコスモは歯医者に行っていたので、わたしはペットたちとともに、新鮮《しんせん》な空気をすおうと裏庭《うらにわ》に出ていた。手には犬がよろこんで追いかける野球のボールを持っていて、それを投げると犬が取ってくる遊びを何度も何度もくり返していた。

ところが、そこで急に風が強くなって、わたしの投げたボールは左へ大きくそれてしまった。

「まずい！」

〈あらまあ〉と、風もおどろいたにちがいない。

さっきまでそこにあったボールが、ない。みんなのお気に入り、ブラックホールの闇《やみ》のなかに飛びこんでしまったのだ。ボールが消えた瞬間《しゅんかん》、ラリーとわたしははっと犬を見つめ、その場にこおりついた。

「まずは落ち着こう」

わたしは両手をかかげ、西部劇《せいぶげき》『真昼の決闘《けっとう》』の対決場面のように、ラリーに何もさせぬよう、こちらに注意をひきつける。

「おかしなまねは一切だめ。急に動いたりするのもだめ。ここは落ち着いて、なんとか切りぬけよう」

だれも動かない。

時間がキャラメルのように、とろーりとけて、一秒がどこまでものびていく。

わたしは犬を見る。

ラリーはわたしを見る。

ふたりして、犬と相手を交互《こうご》に見つめ……。

「だめ！！！

だめっていったら、だめ！！！

だめだって、ばあぁぁぁぁぁ――――――！！！！！」

わたしはどなった。

けれどもうおそい。

犬はボールを見てしまった。

犬はボールがほしい。

それで、ボールが飛びこんでいったブラックホールのなかに飛びこんでしまった。


「大丈夫《だいじょうぶ》、大丈夫《だいじょうぶ》、大丈夫《だいじょうぶ》、大丈夫《だいじょうぶ》」

裏庭《うらにわ》をはしからはしまで行ったり来たりしながら、自分にいいきかせる。

「大事なのは、冷静になって、パニックにならないこと!」

しかし、そうつぶやく声からして、もうすっかりパニックになっていた。

ラリーが何か考えがあるように、わたしの顔をじっと見た。それからママのつくった花壇《かだん》までするする進んでいくと、花の列にかがみこみ、においをかぎはじめた。

「花の香《かお》りをかいでいるような場合じゃないんだよ、ラリー」

ラリーは何度も何度も花の香《かお》りをかぎ、そのうちハッ、ハッ、ハッ……といいだした。

ところが悲しいことに、ハーックションというくしゃみはまったく出てこない。

なんとわたしのブラックホールは、くしゃみをして犬をはきだそうとしているのだ。

ほかに何ができるか、犬をとりもどすための方法を考えつくかぎりリストアップしていく。

犬笛をつかって呼《よ》ぶ？
魚網《ぎょもう》をつかって救《すく》いだす？
ネコにたのむ？
リスにたのむ？
ブーメランを投げるように、ブラックホールのなかに骨《ほね》を放る？
ほかの犬たちとボール投げ遊びをしてうらやましがらせる？
ラリーに大量のソーダを飲ませて、ゲップを出させる？

ふいにラリーがしげみの陰《かげ》にさっとかくれた。ふりかえると、郵便配達員《ゆうびんはいたついん》のスキップさんがいた。
「今日は天気がくずれないってことですよね。スキップさんが、そのサスペンダーのついた、かっこいい半ズボンをはいてるってことは」

相手の気をそらすため、心にもないことをいった。

半ズボンは少しもかっこよくなんかない。でもスキップさんのかっこうを見て、アイディアがうかんだ。あんまりいい考えとは思えないけれど、いまはわらにもすがりたい気分だった。

わたしはラリーにひそひそ声でいう。

「ねえラリー、郵便屋《ゆうびんや》さんにロープをまきつけて、あんたのなかに下ろしたらどうかな。犬が郵便屋《ゆうびんや》さんを追いかけまわしたら、ふたりいっぺんにつり上げるの」

するとスキップさんがいった。

「ほらほら、どいてどいて。こっちは大事な仕事をしてるんだ。こういうお買い得情《じょう》報《ほう》を知らせる手紙が、放っておいても自分から各家庭のポストに飛びこむとでも思ってるのかい?」

スキップさんがいなくなったのを確認《かくにん》してから、ラリーの体のなかに広がる、深い闇《やみ》の奥《おく》までとどくように大声でどなった。

「おーい、ナマエワナイ! もどっておいで! あんたがいなくて、みんなさみしがってるよ。ベランダに出ようとして何度もガラス窓《まど》にぶち当たっても、あんたはとっても頭のいい犬だと思ってるよ」
返事はなかった。ワンの一声も。クーンというあわれっぽい鳴き声さえきこえない。
もうどうしようもない。
あとは最後の手段《しゅだん》に出るしかない。

19 スパゲッティ化

そうはいっても、これまでブラックホールのなかに入ったことがある人なんているのだろうか？

いない。

この地球に暮《く》らす人間で、一度ブラックホールのなかに入ってもどってきて、そのなかがどうなっているのか説明してくれた人はひとりもいない。

ブラックホールのなかは、さみしい午後のような色をしている？

孤独《こどく》をつめたパイみたいな空間？

何もないがらんどうの国へ旅する地図みたい？

想像《そうぞう》はいくらでもふくらむけれど、真実はだれにもわからない。

科学の本によると、「事象《じしょう》の地平線」と呼《よ》ばれる、ブラックホールのへりを越《こ》えたとたん、体がどこまでも引きのばされるという。「スパゲッティ化」あるいは「ヌードル効果《こうか》」と呼《よ》ばれる現象《げんしょう》らしい。

そうなると、自分の体がスパゲッティみたいに細長く引きのばされるだけじゃなく、周囲《しゅうい》にある大量のスパゲッティを食べなきゃいけなくなるのかもしれない。見わたすかぎり続いているスパゲッティの山脈《さんみゃく》に、ソースをかけて食べるのだ。

「ブラックホールのなかには、パルメザンチーズの雪が降《ふ》っていました！」

もどってきたら、NASA《ナサ》の職員《しょくいん》に教えてやろう。

「スパゲッティのゆでかげんは、アルデンテでした！　ミートボールでジャグリングもできるようになりました！」

そんなことは絶対《ぜったい》にないとはいえない。

だって、だれも入ったことがないんだから。

このわたし以外には。

20 わたしを食べたブラックホール

？

もーしもーし？

い！

もーしもー

うわっ！

もしもし？
だれかそこにいるの？

ういているような感じがする。

完全なパニックにならずにすんでいるのは、シーツを何枚《なんまい》も結びあわせてつくった、長い長いロープをウエストにまきつけているからだ。ロープの反対のはしは、うちのバスタブのネコ足に結びつけてある。家のなかでいちばん重そうなものは何かと考えて、思いついたのがそれだった。


シーツの角をバスタブの足のひとつに二重結びにしていると、バスタブに入っているコスモがいった。

「おもしろそう。なんの遊び？」

「コスモ、何をしてもいいけど、これだけは絶対《ぜったい》ほどかないで」

「わかってるって」

「そう……ならいいけど。じゃあ、お別れにこれを。ほら、持ってて」

わたしはトランシーバーを弟にわたした。

「わーっ、かっこいい、オランビーバーだ」

コスモは言葉をしゃべれるようになってからずっと、トランシーバーのことをオランビーバーと呼《よ》んでいる。それはまちがいだと、どんなにいってきかせてもだめだった。

「コスモ。よく考えてごらん。これは人間と人間が会話をするのにつかうんだよ。オランウータンとビーバーは会話をしない……ああっ、もう！　こんなくだらない話をしている場合じゃない。世界がひっくり返りそうだってときに！　うちの犬が、飲み――」

わたしはそこではっと口をつぐんだ。

「なんでもないから！　あんたはボディシャンプーの成分表示《ひょうじ》でも読んでて！」

そうどなってバスルームから飛び出した。

二階のろうかでシーツのロープの反対はしをウエストにしっかりまきつけて、かたく結ぶ。そうして自分の部屋のドアをあけたら、すぐ目の前にラリーが立っていた。

ドアをきちんと閉《し》めてから、ラリーとむきあう。

いまではわたしの背丈《せたけ》をはるかに越《こ》すほど大きくなっていた。そのなかに飛びこむのは、そう難《むずか》しくはなかった。

助走をつけて、えいっと飛びこんだ瞬間《しゅんかん》、あらゆる感覚がまひしたようになった。

やがて自分が、ブラックホールの深みに宙《ちゅう》ぶらりんになっているのがわかった。ひとまず死なずにすんでいるのは、ウエストにまきつけたシーツのおかげなんだろう。

しかしほんとうに真っ暗だ。

闇《やみ》よりも暗いものがあるとしたら、まさにブラックホールの内部はそれだった。暗黒をつくる工場で暗闇《くらやみ》と悪夢《あくむ》を原料にしてつくられたとくべつな闇《やみ》。引き出しの底にかくれてしまった深夜。とことんしぼって濃縮《のうしゅく》した影《かげ》。どん底のさらにどん底。ひとつぶのタネが土の上に芽を出すまでの日々《ひび》をつづった回顧録《かいころく》『真《ま》っ暗闇《くらやみ》の人生』とか。

ベルトにくっつけてあるトランシーバーに目を落とす。

ここでもつかえるだろうか？

取り上げてボタンを押《お》した。

「コスモ？　そこにいる？　きこえたらこたえて。どうぞ」

こたえはない。

「コスモ？　ママ？　ラリー……？　だれでもいい、だれかいないの？」

土壇場《どたんば》になってコスモにトランシーバーを持たせたのは、もしも何かあった場合の保《ほ》険《けん》みたいなもの。ブラックホールのなかでコスモと話をするなどという場面は、実際《じっさい》にはないだろうと思っていた。

ほかにも用意して持ってきたものはあった。

懐中電灯《かいちゅうでんとう》
ロープ
おやつ
クマ笛
方位磁石《ほういじしゃく》
腕時計《うでどけい》
ノートとペン

いまとなっては、まったくばかげたものばかり持ってきたものだと思う。

クマ笛？　いったいなんのために？

宇宙《うちゅう》のクマをかたっぱしからおどかして追っぱらおうとでもいうのか。

そしてノート。「一日目――依然《いぜん》として真《ま》っ暗闇《くらやみ》のなか」というように、科学的な発見をつづっていくつもりだったのか。

宙《ちゅう》づり状態《じょうたい》になりながら、ブラックホールのなかに「持ってこなかった」ものを頭のなかにリストアップした。

勇気
地図
いま自分がどこにいるのか、何が起きようとしているのか、それを知る手がかり
逃《に》げ道《みち》
そこまで考えて、思い出した。まだ幼《おさな》いころ、ねる前にパパが読み聞かせをしてくれた、だれもが知っている物語。アリスが懐中時計《かいちゅうどけい》を持った白いウサギを追いかけて穴《あな》を落ちていき、気がついたらふしぎの国に来ていたというあの話だ。
アリスは途方《とほう》にくれる。それでもティーパーティーに参加したり、ニヤニヤ笑うネコやら、トランプの兵なんかと会ったりする。それからもいろいろあるけれど、最後には無事もどってくる。これは全部アリスの夢《ゆめ》だったのかと、最後に読者はおどろくべきなんだろう。でもわたしにいわせれば、すべては夢《ゆめ》でしたという終わり方は、物語として、あまり芸がない気がする。
けれど、いまわたしがおちいっている状況《じょうきょう》はアリスとは違《ちが》う。ウサギ穴《あな》みたいなものに落ちたけれど、この先にティーパーティーが待っているという気はしない。ニヤニヤ笑うネコも。トランプの兵も。

そしてもちろん、これは夢《ゆめ》なんかじゃない。

★21 バスタブをおやつにしたブラックホール

闇《やみ》のなかから突然《とつぜん》声がした。

「おねえちゃん？」

人間の声！

わたしはトランシーバーのボタンを押《お》してどなる。

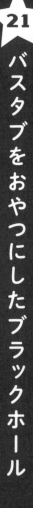

「コスモ?!　わたしの声がきこえるの？　だったらバスタブから出て、ママを呼《よ》んできて！」

「おねえちゃん……どこにいるの？　ボク、こわいよ」

「どこにいるかなんて、自分でもよくわかんない。あんた、まだバスタブのなかにいる？」

「いるよ。まだバスタブのなか。だけど、すっごく暗いんだ。それと、たぶん地震《じしん》があったみたい」

「じゃあまず、バスルームの電気をつけなさい。地震《じしん》なんか起きてない。うちの近くに、地殻構造《ちかくこうぞう》プレートがぶつかるところなんてないんだから。まったく最近の幼稚園《ようちえん》は何を教えているんだか。いや、いまはそんなことどうでもいいからママを呼《よ》んできて。一生のお願いだから」

「無理だと思う」

コスモのこたえに、わたしはいらだって歯がみをする。

「ちょっとコスモ、ぐずぐずしている時間なんてないの。わたしはいま、自分がどこにいるかさえわからないんだから。とにかく助けが必要なの。だから——うわっ！　何かにさわられた！」

「ボクも！」

コスモがさけぶ。

ふたりしてさけんでいるあいだに、わたしの手からトランシーバーがすべり落ちて、闇《やみ》のなかに消えてしまった。

「やだどうしよう」

何もない暗闇《くらやみ》にむかっていう。

大丈夫《だいじょうぶ》、きっとコスモがママを呼《よ》んできてくれる。そうしてママが来たら……。

「何があったの？」

コスモの声がひびいた。

えっ……どうして？　トランシーバーがないのに、なんでコスモの声がきこえるの？

パニックになりながら、リュックのなかをさぐって懐中電灯《かいちゅうでんとう》をつかんだ。スイッチを入れて動かすと、光が闇《やみ》に穴《あな》をあけた。

心を落ち着けなくちゃ。意識《いしき》して深く呼吸《こきゅう》する。光が闇《やみ》にすいこまれて何も見えないので、あいているほうの手であたりをさぐってみる。

「きゃっ！」

何か冷たくて小さなものに手がふれて、思わず悲鳴をあげた。

「ひゃっ」

小さなものも同時にいった。

「これっていったい……」

「おねえちゃん」

この声は、まさか。

「おねえちゃん、こっちへ来て。どこにいるの？　バスルームに何かいるみたいなんだ。

真っ暗ななかでボクの体にさわってきた！　ねえ、おねえちゃん、どこにいるの？」

懐中電灯《かいちゅうでんとう》を下むきにして声のするほうへむけたら、白いネコの足みたいなものがひとつうかびあがった。もうひとつ。さらにもうひとつ。しまいにバスタブ全体が光のなかにうかびあがり、そのなかに弟がふるえてすわっている。

「おねえちゃん！　何があったの？　ボクたちどこにいるの？」

コスモがいるのは、うちのバスタブのなか。ただしうちのバスタブはいま、家にではなく、ブラックホールのなかにある。

「うそでしょ――」

わたしは目をぎゅっとつぶった。

ネコ足のバスタブが、まるごとブラックホールにすいこまれた。なかに五歳《さい》の子どもを入れたまま。

そんなことがあるのだろうか？

現実《げんじつ》にそういうことが起きたとして、それが意味することは？

元いた世界とつながるものが何ひとつない状態《じょうたい》で、わたしたちは宙《ちゅう》にういている。

これからどうなるのか？

ボイジャーのゴールデンレコードのように、空間をひたすら浮遊《ふゆう》しながら、だれかが、何かが、自分たちを見つけてくれるのを待つってこと？

そうなったらあとはもう、地球外をパトロールする警備隊《けいびたい》が見つけてくれるのを祈《いの》るしかない。

ただしゴールデンレコードには、地球史上もっともすばらしい景色や音や画像《がぞう》が記録されているけれど、わたしに記録されているのは、十一年分の孤独《こどく》と、悲しみと、めったにきけないクジラの歌みたいに、ほんのわずかなすばらしい思い出だけ。

「おねえちゃん。おねえちゃん。ねえ、おねえちゃんってば……」

「何よ」

恐怖《きょうふ》にのどをしめつけられたように、かすれた声しか出なかった。

「あのさ、おねえちゃんはいつでもいやだっていうけど……」

いいながら、コスモが小さな手を差し出してきた。

「ボクといっしょに、おふろに入らない？」

22 ラリー、助けて！

それでわたしは、お湯の入っていないバスタブのなかに弟といっしょに入り、さあこれからどうしようかと考えこんだ。

「ねえ、おねえちゃん、ここはどこなの？」

コスモはわたしの腕《うで》にしがみついて、完全にパニックになっている。無理もない。このわたしでさえ、いまにも泣きだしそうなのだから。

「海のモンスターに飲みこまれちゃった話があるでしょ。ボクたち、あれといっしょじゃないかな」

コスモがいった。

「なるほど」

「でね、ボクいつも思ってたんだ。外に出してくださいって、モンスターにたのめばいいのにって。もちろん失礼のないように、ていねいにたのむんだ」

「ちょっと待って。それで思いついた。正直いってうまくいく自信はないけど。とにかく、わたしがこれからさけぶから、そうしたらあんたも同じ言葉をそっくりそのままさけぶ。わかった？」

「わかった」

「ラリー、きこえる？　ステラだよ」

わたしはいって、次は弟といっしょにさけぶ。

「ラリー、きこえる？　ステラだよ！」

返事はなかった。

いったい何を期待していたのか、自分でもわからない。わたしを飲みこんでから、ラリーがしゃべれるようになったなんてこと、あるわけもないのに。

「ラリー、もしきこえるなら、上下にはずんでみて！」

「ラリー、もしきこえるなら、上下にはずんでみて！」

今度は反応《はんのう》があった。まるでバスタブが水の上にぷかぷかうかんでいる感じがする。波が押《お》しよせては引いていくように、わたしたちはゆっくりうきあがってはまたしずむ。

「ちゃんと伝わってる！　よし、それじゃあコスモ、いっしょにさけぶよ。ラリー、あかりを飲みこんで！」

「ラリー、あかりを飲みこんで！」

ちょっと間があってから、コスモの顔に何かが飛んできた。わたしは懐中電灯《かいちゅうでんとう》の光をそちらに当てて、コスモの鼻につまった貝をほじくりだした。

「アサリじゃなくて、あかり！」

コスモといっしょにさけんだ。

そら、飛んできたと思って懐中電灯《かいちゅうでんとう》をむけると、光のなかに「当たり」と書かれたクジがひらひらと落ちてきた。

「〝ひかり〟を飲みこんで、っていったらどうかな。これなら似《に》た音のものはないし」

わたしがいうと、コスモはすぐ思いついた。

「船の〝いかり〟、アジの〝ひらき〟」

「じゃあ、〝太陽〟は？」

「〝体操《たいそう》〟〝海洋〟〝大漁〟」

「じゃあ、なんていえばいいのよ？」

「おねえちゃんが何をしたいのかも、ここがどこなのかも、ボクにはさっぱりわからない。でも助けが必要なら、ふつうに〝助けて〟ってさけんでみたら？」

それで、そうした。

「助けて」「助けて」「助けて」「助けて」「助けて」「助けて」「助けて」「助けて」……。

ふたりで何度もさけんでいたら、とうとうラリーが理解《りかい》したようだった。

太陽を飲みこんだのか、それとも目につくかぎりの電気スタンドや電球をかたっぱしから飲みこんでいったのか。実際《じっさい》にラリーが何をしたのかは、いまだにわからないのだけれど、とうとう明るい光が、滝《たき》のように降《ふ》り注《そそ》いできた。

「よかった！　ブラックホールをちゃんとしつけておいて」

「よかった！　ブラックホールをちゃんとしつけておいて」

コスモがさけんだ。

「もうさけばなくていいんだって」

「ねえ、おねえちゃん。ひとつ気になることがあるんだけど。ラリーって何？」

どうこたえればいいのかわからない。それでいつもママがやる作戦をつかってみることにする。

「そうねえ、コスモはなんだと思う?」

「うーんと、神さまみたいなもの? ほら、ギリシャ神話に出てくるような神さま。人間といっぱい仲良くして、願いをかなえてくれる。たのめば空からものを落としてくれたり、人間を鳥に変えてくれたりする」

「いまのところわたしにわかっているのは、ラリーはブラックホールだってこと。ある晩《ばん》に、NASA《ナサ》から家までついてきたの。それでしつけをして、いろんなものを食べさせた。といっても、食べさせたもののほとんどは、悩《なや》みのタネみたいなものなんだけど。そうしたら、わたしの人生もふくめ、世界がなんだかおかしくなってきたの。しまいにラリーは、ペットの犬まで食べちゃって。それでなんとかしなくちゃいけないと思って、ブラックホールのなかに入ったの。そうしたら、バスタブに入った、あんたまで引きずりこんでしまった」

コスモはわたしの顔をじいーっと見ながら、何か考えているようだった。

しばらくして、ようやく口をひらいた。

「そうか、わかった。じゃあこれは冒険《ぼうけん》なんだね。ボクらの犬を救いだして、おかしくなってしまったおねえちゃんの人生も元にもどして、それからおうちに帰るんだね。ぜんぜん問題ないよ。ボクはよろこんで船長になるから」

「船長はわたしに決まってるでしょ」

「わかった。じゃあボクは一等航海士《こうかいし》でいい」

「そこまでえらくない」

「じゃあ、二等航海士《こうかいし》？」

「ヒラの航海士《こうかいし》」

「甲板員《かんぱんいん》ってこと？」

「いっそのこと、善意《ぜんい》で船に乗せてもらってる乗客ってことでどう？」

「うん、それでいい」

「じゃあ決まり」

前方を見晴らせる十分な光があって、自分たちの役割《やくわり》も決まったところで、わたしたちはバスタブのネコ足号の初航海《はつこうかい》に乗り出した。

23 ネコ足号の航海

ネコ足号の船長として最初にやらねばならない仕事は、船をどうやって操縦《そうじゅう》するか、その方法をさぐることだった。

家と船とのつながりが切れてしまったのは不運だったが、そのおかげで、ロープにしていた大量のシーツをまるごと自由につかえるのは幸運だった。コスモを手伝わせて、シーツをバスタブのへりについているシャワーポールに結びつけ、即席《そくせき》の帆《ほ》にする。

「風はどうするの?」

コスモがいう。

「ラリー、風が必要なの」

わたしがさけぶと、コスモもいっしょになってさけびだした。

「風、風、風!」

今度はラリーも正しくききとったようで、どこかへ行って、強風か、暴風《ぼうふう》か、大竜巻《おおたつまき》でも飲みこんだのだろう。すぐに風がふいてきた。

「やったね!」

コスモがよろこぶ。

シャワーポールに結びつけた帆《ほ》をまわすことで、好きな方向へ進むことができる。しかし見わたすかぎり何もない空間で、どこへ行くというあてもない。のろのろと進む時間のなかで、心細さだけがつのっていき、しまいに頭が変になりそうだった。実際《じっさい》おかしくなってしまったのかもしれない。ある時点で、音楽がきこえてきたのだから。

いや、でもこれを音楽と呼《よ》ぶのは無理がありそうだ。それでコスモにきいてみた。

「ねえ、コスモ。たぶんわたしの頭のなかだけでひびいてるんだと思うけど、何かきこえない? タカが爪《つめ》で黒板をひっかいているような音。耳に耳せんをつっこんだサルが、何千ものトランペットを調子っぱずれで鳴らしているような、こわれた楽器を演奏《えんそう》しながら行進していた楽隊が竜巻《たつまき》におそわれたみたいな、あるいは——」

「ボクのビーグルズのレコード！」

コスモが歓声《かんせい》をあげ、バスタブのなかでおどりはじめた。

「こんないい曲、どうして忘《わす》れちゃってたんだろう？　おねえちゃんだって、きっと好きになるよ。『とまんねえロックンロール』っていうタイトルなんだ」

♪バス、とまんねえ、そりゃこまったぜ
ガス、とまんねえ、こりゃまいったぜ
オレのおならが、とまんねえ
とまんねえったら、とまんねえ♪

土星に似《に》た、リングのある天体が見えてきた。けれど、信じられないかもしれないけれど、リングのように見えたものは、おどろくほど巨大《きょだい》なレコードだった！

悪夢《あくむ》のような音楽はそこから流れていたのだ。近くまでよってみると、レコードにほられたみぞまでが、はっきり見えた。

音楽は、コスモでさえ耳をふさぎたくなるほどの大音量で流れている。わたしは実際《じっさい》両手で耳をおおったけれど、それだけではとても太刀打《たちう》ちできない。

♪とまんねえったら、とまんねえ
とまんねえったら、とまんねえ♪

「いい曲なんだよ！」

コスモが音楽に負けないよう大声でさけぶ。

「だけどさ、これじゃあ、あんまりうるさすぎて、歌詞《かし》のよさが台無しだ」

「プレイヤーもないのに、レコードがまわってるなんておかしい」

わたしはいった。

「おかしなことはまだあるよ。ほら、おかしなにおいがしない？」

コスモがいった。

「する」

わたしはいって、においをくんくんかぐ。

「下水の臭気《しゅうき》が充満《じゅうまん》しているネコ用トイレのなかに、酢漬《すづ》けにして発酵《はっこう》したキャベツを頭からかぶったびしょぬれの犬と、タマネギを食べるスカンクが入っていて、その二匹《ひき》が、ゾウのおならと古いキャベツのにおいがするカメムシのことで、いいあらそっているみたいなにおい」

「そうそう」

コスモがうなずき、まるで悪臭《あくしゅう》のソムリエみたいに、自分の鼻にむかって空気を片手《かたて》であおぐ。

「でもそれだけじゃなく……」

コスモの言葉の先をわたしが引き取る。

「それだけじゃなく、運動をしたあとのくさいソックスでつくったお気に入りのパペットを八本のあしにはめて人形劇《にんぎょうげき》をしている年をとったタコといっしょに、ニワトリ小屋のなかに入れられているときみたいなにおい」

「まさにそのとおり」

コスモがいう。

「まじめな話、このにおいを発しているのはなんだろう？　クラスで飼《か》っていたハムスターが、まさにこういうにおいをしてたけど、プンちゃんはもう……」

次の瞬間《しゅんかん》、はっとした。そのハムスターがどこへ行ったのか。だれがそれを食べて、わたしたちはいまどこにいるのか。すべてをはっきり思い出した。

超巨大《ちょうきょだい》レコードのむこうはしで、耳をつんざくようなほえ声がとどろいている。あんなふうにほえるのは、嵐雲《あらしぐも》みたいに険悪《けんあく》な気分で、巨大《きょだい》な野牛みたいな体格《たいかく》をした動物しかいない。

いったい何がほえているのかと、コスモといっしょにバスタブのへりから身を乗り出して、レコードの遠いむこうはしに目をこらす。すると、超巨大《ちょうきょだい》レコードの上を必死になって走っている生き物がいた。回し車のなかを夢中《むちゅう》で走っているようなあれは――。

「プンちゃん?! ほんとうに、あんたなの?」

プンちゃんもまた、ほかのハムスターと同じように、自分がなんという名前なのかわかっていない。わたしに世話をされていたことも覚えていない。というか、自分がハムスターという動物であることもわかっていないのだろう。たしかにあれはプンちゃんだが、以前とは大きく変わっている。つまり、「宇宙怪獣《うちゅうかいじゅう》ハムハムモンスター」と呼《よ》んでもいいほどに、巨大化《きょだいか》していたのだ。

もっと状況《じょうきょう》をくわしく観察しないと。はき気をもよおしそうなプンちゃんの「ハム臭《しゅう》」をできるだけすいこまないようにしながら距離《きょり》をちぢめていき、声のとどきそうなところで呼《よ》びかけた。

「久《ひさ》しぶり、プンちゃん。元気そうだね。ずっと……運動をしていたの？」

プンちゃんが顔を上げ、しかめっつらを見せた。プンちゃんが走り続けていたから、レコードがまわって音楽が鳴り続けていたのだ。

風はバスタブの船をプンちゃんのほうへ押《お》しやろうと決めたらしく、わたしたちとプンちゃんの距離《きょり》はどんどんせばまっていく。それにつれてプンちゃんのほえ声が小さくなり、やがて完全にだまった。きっとわたしのことがわかったのだろう。

「大丈夫《だいじょうぶ》、いくら巨大《きょだい》になったって、プンちゃんはわたしに危害《きがい》はくわえないから」

ここでも外側から見ただけではわからない、相手の内面を見すかす、わたしのスーパーパワーが発揮《はっき》された。

「ただおびえているだけだと思う」

そういったとたん、胸《むね》に罪悪感《ざいあくかん》が広がった。ほんとうだったら、毎日ケージのなかのおがくずをとりかえて、新しい水をやるのがわたしの役目だった。世話の仕方をまとめてある紙のどこにも、「ハムスターをブラックホールに食わせて、宇宙《うちゅう》のナルニア国に放り出してよし」とは書かれていない。

「プンちゃんを助けないと。そうでないと、人間としてははずかしい」

わたしは心を決めた。

「そうそう。ハムスターもハムかしい」

コスモがまたくだらないことをいっている。でもわたしには考えがあった。

「ラリー」

大声をはりあげた。

「果物のナシを飲みこんで！　ナシ！」

「プンちゃんは、ヒマワリのタネと果物のナシが大好きなの。好物を見せれば、気持ちをなだめて、こちらにさそいこむことができそうな気がする」

そう説明してから、ふたりしてレコード盤《ばん》の上を走っているプンちゃんを見守る。

「ねえ、ナシって、何か音を出す？」

コスモがわたしにきいてきた。

「そんなわけないでしょ。どうして？」

「だって、ブーンっていう音がしてきたから。何か虫みたいなものがわーっと群《むら》がって飛んでくるような」

するとそれが闇《やみ》のなかから現《あらわ》れた。ブーンという音を出していたのはハチの群《む》れ。それも大群《たいぐん》だった。わたしたちに接近《せっきん》してまわりをぐるぐるまわりながら、闘牛士《とうぎゅうし》に飛びかかろうとする雄牛《おうし》のように、群《む》れが一丸となって、こちらに攻撃《こうげき》をしかけようとしている。

「ハチじゃない！　ナシ！」

わたしはラリーにどなった。

しかしこうなってはどうしようもない。プンちゃんもハチの群《む》れに気づいているらしく、パニックになっているのが目の表情《ひょうじょう》からわかった。こちらが何か手を打つより先に、プンちゃんは巨大《きょだい》な脚《あし》をレコード盤《ばん》にたたきつけるようにして力いっぱいジャンプした。わたしたちのほうへまっすぐ飛んできて、プンちゃんの前脚《まえあし》がバスタブのへりにガチッと取りついた。

「きっとハチがこわくて、かくれたいんだよ！」

コスモがさけぶ。

ほかにどうしようもなかった。わたしたちはプンちゃんの毛の生えた前脚《まえあし》をつかむと、船から落ちた人間を甲板《かんぱん》に引きあげるように、プンちゃんの体をバスタブのなかに引き入れた。なかに入ったとたん、プンちゃんはバスタブの片側《かたがわ》で身をちぢめ、コスモとわたしはその反対側で身をよせあった。ありがたいことに、ハチはよそへ行ってくれた。

「次はどうする？」

コスモにきかれ、わたしはプンちゃんのいるほうをじっと見ながらいう。

「次は、ペットの犬ナマエワナイを見つけて、家に帰る方法も見つける。だけどそれ以上に大事なのは、口だけで呼吸《こきゅう》すること」

24 船長日記

船長日記をつけることにした。もちろん科学に貢献《こうけん》するために。

これをいま読んでいるということは――どうかパニックにならないで――あなたも、ひょっとしたら、ブラックホールのなかにいるのかも。仲間が増《ふ》えてうれしい！

船長日記

2日目

今日、ナマエワナイの居場所《いばしょ》につながる最初の手がかりが見つかった。

野球のボールがぷかぷかういているあとから、スリッパの片方《かたほう》が流れてきて、ちょっと間を置いて新聞も流れてきた。

どれもこれも、ぐちゃぐちゃにかまれてボロボロで、同じ方向へ流れていく。

これをたどっていけば、きっと犬にたどりつける！

3日目

わたしが持ってきたサンドウィッチと果物を食べつくしてしまった。

これから何を食べて生きていけばいいのか、心配になってくる。

とはいえ、非常食《ひじょうしょく》として持ち歩いてるナッツやドライフルーツをつめたトレイルミックスの袋《ふくろ》があるから大丈夫《だいじょうぶ》だろう。

4日目

だれかがトレイルミックスを全部食べた。

(犯人《はんにん》はわかっている。プンちゃんだ)

5日目

気がついたら、食料問題は解決《かいけつ》していた。

考えただけではき気がする、あのばかげていて、おぞましい、この上なくにくたらしい芽キャベツ。それをブラックホールに食わせたことを覚えているだろうか。

ならば、子犬を飼《か》うことになり、それがブラックホールに入ってしまったことも思い出してほしい。犬を助けにわたしもブラックホールに入っていったところ、弟と巨大《きょだい》ハムスターとともに、バスタブのなかに閉《と》じこめられることになった。

しかし、気がつけば芽キャベツもまた、この世界に来ていたのだ！　バンザイ！

緑色の流星雨のように、わたしたちの頭上からザーッと降《ふ》り注《そそ》ぎ、すべて終わったあとには、バスタブにぎっしり芽キャベツがたまっていた。

おそらく一生分の芽キャベツ。

「芽キャベツを食べる」対「うえ死にする」という勝負においては、非常《ひじょう》にわずかな差だけれど、「芽キャベツを食べる」が勝った。

6日目

もう芽キャベツにはうんざり。

顔も見たくない。

7日目

芽キャベツに変身してしまいそう。

8日目

家から遠くはなれてせまい場所に閉《と》じこめられている宇宙飛行士《うちゅうひこうし》がかかるという病気になったのかもしれない。

きっと熱が四十度ぐらいあるのだろう。

芽キャベツがいいやつに思えてきた。

9日目

芽キャベツ、バンザイ!

みなの者、かがやかしき野菜の王、芽キャベツさまに深く頭を下げよ!

さあ歌え。芽キャベツさまをたたえる歌を!

おお、芽キャベツ!

キャベツとはべつ

ちっちゃいボディはとくべつ

色も味もかくべつ

どんなときでもたよりになるいいやつ
目にも美しい、かわいいおやつ

おお、芽キャベツ！
ブロッコリーとはべつ
芽キャベツ入ればシチューもとくべつ
栄養満点、風味かくべつ

どんなときでも、おなかをみたしてくれるやつ
胃《い》にもやさしい、どこまでもいいやつ

10日目

あまりにたいくつなので、みんなで「ハム語」と呼《よ》んでいる言語の解読《かいどく》に着手することにした。つまり、宇宙《うちゅう》に生息する巨大化《きょだいか》したハムスターが何をいっているのか、解《かい》明《めい》しようというのだ。

これまでにわかっているのは次のとおり。

グラアアアアアアアアア!
グランフ―――ッ!
アロ―――ガアアア!
アーガー・アーガー・アーガー!
ララーラララーラララーラ!

あなたが好き。
あんたはきらい。
耳をかいてほしいの。
耳にさわったら、あんたの腕《うで》をもいでやる。
ねむたくなったから子守歌を歌って。
芽キャベツの歌がいい。

11日目

この日わたしは、科学におけるすばらしい発見をした!
だれもが知っているように、クラスで飼《か》っていたプンちゃんは、においの問題をかかえている。ささいな問題ではあるものの、いったいどこからそのにおいがするのか、ずっとわからなかった。体の問題なのか、それとも精神的《せいしんてき》な問題なのか。しかし、プンちゃんといっしょに朝から晩《ばん》までせまい場所に閉《と》じこもっていたおかげで、とうとうこたえが出た。

昨日の夜、ぐっすりねむっていたわたしは、すさまじいにおいで目がさめた。いつもよりずっと強烈《きょうれつ》な悪臭《あくしゅう》だった。悪臭《あくしゅう》が人間を目覚めさせるなんてことがあるのかどうか、それはわからないが、あまりに強烈《きょうれつ》なにおいに、「死が間近にせまっている！」と、わたしの脳《のう》がさけびだしたのはたしかだ。その悪臭《あくしゅう》は何かが死んでくさっているようなにおいだった。

しかし目をあけてみると、わたしの目の前には巨大化《きょだいか》したプンちゃんがいて、ねむりながらゲップをしているのだった。

わたしはいいながら、息をしようと、バスタブの反対側へ必死に移動《いどう》した。

「息が……できない……」

「ゲップに……殺《ころ》される」

つまりはそういうことだった。

大きな謎《なぞ》がこれでようやく解《と》けたのだ。

プンちゃんの体が小さかったときは、ゲップをしていても音がきこえなかったし、ゲップをしているようすも見えなかった。おそらくそのときには、ゲップをしてもかわいらしいものだったのだろう。ネズミがするしゃっくりみたいなものだが、プンちゃんの場合は音だけじゃなく、においも発散《はっさん》する。そうして体が巨大《きょだい》になると、ゲップとして外にはきだすガスの量が増《ふ》えるばかりか、不運なことに、回数も、勢《いきお》いも、においもぐっと増《ま》すのだった。

科学と歴史《れきし》よ、記録せよ。わたし、ステラ・ロドリゲスがたったひとりで、プンちゃんの悪臭《あくしゅう》の謎《なぞ》を解《と》いたのだと。

★25 銀《ぎん》河《が》に出《しゅつ》現《げん》したゴミUFO《ユーフォー》

突然《とつぜん》だが、船長日記をやめざるをえなくなった。

理由はふたつ。一、紙がつきた。二、プンちゃんがわたしのペンを食べてしまった。

それに、ラリーにさけんで必要なものを調達してもらうのもやめざるをえなくなった。今日の午後、たいくつしのぎに「楽団《がくだん》」をたのんだら、「爆弾《ばくだん》」が落ちてきたからで、これ以上エスカレートすると身が持たない。

今日は、まだ地図にものっていないブラックホールの奥地《おくち》まで行って探検《たんけん》をした。(ブラックホールにはまだだれも入ったことがないので、どこであろうと地図にはのっていないのだけど) このあたりはとりわけへんぴなところで、そこにいると、夜中にねむれないまま、ベッドの上に横たわっているのと同じ気分になる。闇《やみ》に目をこらしながら、ベッドに入ってからいったいどのぐらいの時間がたったのだろうと思い、ひょっとしたら永遠《えいえん》といえるほどの時間が過《す》ぎているのかもしれないと不安になったりする。そういうときは、闇《やみ》に目が慣《な》れてくると家具の輪郭《りんかく》がうかびあがってくるのだけど、えっ、あれは何？　あんなものあったっけと、思ったりすることがある。

そしていま、ブラックホールのなかにいて、なんでもいいから、闇《やみ》のなかで形をなしてくるものがないかと目をこらしている。たとえば机《つくえ》とかタンスとか、車とか……そう、ゴミの山とか。

えっ……。何もない空間に長くいたせいで、一瞬《いっしゅん》正気を失ってしまったのかと思った。けれどよくよく見ると、遠くのほうに、宇宙空間《うちゅうくうかん》を漂《ただよ》う巨大《きょだい》なゴミのかたまりみたいなものが、たしかにうかんでいる。なんでもかんでも拾って集めてひとつにしたような……。

「ねえ、おねえちゃん、あんなにたくさんのゴミが、どうやってここにたどりついたんだろう？」

コスモがふしぎがる。

そこへ近づいていくにつれて、巨大《きょだい》なゴミのかたまりのなかに、見慣《みな》れたものがたくさん入っているのがわかった。大きなものでは、バーベキューコンロ、庭用の家具、芝《しば》刈《か》り機《き》。どれもラリーが近所の庭をあらしまわっておなかに入れたものだった。それだけじゃない。うちにあったゴミもまじっている。からっぽになったシリアルの箱、さまざまなブランドのせっけんやハミガキ粉、ほとんど食べおえたチキンの残りに小《こ》さなポテトをそえたもの、だれもおいしいと思わなかった赤かぶのサラダ、そうじ機の紙パック、骨《ほね》の折れたかさ、プラスチックのフォーク、洗濯乾燥機《せんたくかんそうき》のフィルターに張《は》りついたわたぼこりの山、穴《あな》のあいたソックスがいくつかと、卵《たまご》のケース、ふちの欠けた青いマグカップ、新聞紙のたば。

こんなことをいうと、ふしぎがられると思うけれど、こういったゴミをじっと見ていると、なんだか胸《むね》になつかしさがこみあげてきた。ママが食べ残したワッフルでさえ、見たとたんちょっとホームシックになって、家に帰りたくなる。なぜなのか、まったくわからない。そんな気持ちになるのは初めてだった。

わたしはコスモに説明する。

「家にいるとき、ブラックホールにいろんなものを食べさせたの。見ればわかるとおり、そのほとんどはゴミ」

そうはいったものの、ああいったゴミのすべてを自分がブラックホールのなかに捨《す》てたということが信じられない。自分の人生に、こんなにもたくさん捨《す》てたいものがあったなんて。

宇宙《うちゅう》にうかぶ巨大《きょだい》なゴミのかたまりに近づいていきながら、バスタブの船を操縦《そうじゅう》して、気味の悪い豆腐《とうふ》のスライスや、カビだらけのパンをよける。信じられないほど低い点数のテストのたばや、よごれのこびりついた洗濯物《せんたくもの》や、美容院《びよういん》に行って世界最悪の髪型《かみがた》にされたときの、わたしの写真。

全部よけていきながら、ふと気づいた。ブラックホールに捨《す》てたものはどれもこれも、捨《す》てる前よりもいやな部分が強調されて、さらにたちの悪いものになっている。

まもなく左足だけの靴《くつ》の群《む》れが、わたしたちの船めがけてまっしぐらに飛んできた。それをよけ、ぎりぎりまでゴミのかたまりに近づいた。と、ゴミのかたまりのなかに、ドアのようなものがあるのに気がついた。それに、単なるゴミの山だと思っていたのに、よく見ると、ある形をなしている。映画《えいが》でおなじみのあれだ。

「これ、UFO《ユーフォー》だ」

わたしは巨大《きょだい》なゴミのかたまりを指さして、コスモとプンちゃんにいう。

UFO《ユーフォー》の窓《まど》の前を通過《つうか》するとき、なかをのぞいてみた。ひょっとしたら、なんでも吸収《きゅうしゅう》してしまうブラックホールでだけ生きていける生物がいるのかもしれない。あるいは、わたしがむやみにブラックホールに捨《す》てたものが、そんなものよりもっとおそろしいものに変身してなかにいるとか。そっちである可能性《かのうせい》が高いような気もする。

「ふせて！」

コスモとプンちゃんにさけんだ。

「UFO《ユーフォー》のなかで何か動いてる。あざやかな赤、青、黄色をしたものが上下にぷかぷかと。パーティーでかぶる三角帽子《さんかくぼうし》みたい」

ラリーのなかに、パーティーハットなんか捨《す》てただろうか？

思い出そうと必死になる。

わたしたちが身をふせているすきに、ネコ足号と風は、ゴミUFO《ユーフォー》をこっちに合体させようと思ったらしい。

「ボクらの船。おねえちゃんのゴミとひとつになった」

コスモがいった。

26 帰ってきた海の戦士《せんし》ストーム・ネプチュニアン

それで、わたしたちは自分たちにできるたったひとつのことをした。つまりゴミの山を乗り越《こ》えて、UFO《ユーフォー》のドアから未知の空間へと入っていったのだ。ドアといったが、これはゴミステーションまで運んでいくのがめんどうで、わたしがブラックホールに食べさせた、段《だん》ボール箱《ばこ》をつぶして重ねたものだった。

「ねえ、おねえちゃんがブラックホールに何を捨《す》てたのか、それを知っておいたほうがいいと思うんだけど」

コスモがいう。

「まあ、リストもつくったんだけど、何を捨《す》てたかはどうでもいい。大事なのは、捨《す》てたものがどう変わるかだよ。プンちゃんだって、元は小さなハムスターで、おとなしくて……」

そういったそばから、プンちゃんはバリバリとものすごい音を立ててゴミのかべをかじりとり、わたしたちはあっけにとられた。

突然《とつぜん》ＵＦＯ内《ユーフォーない》の回廊《かいろう》にバタバタと音がひびいた。足音だ。それもたくさんの。

「まずい、かくれよう」

コスモとプンちゃんとともに、バスタブのなかにもどり、カビの生えたシャワーカーテンを閉《し》める。

足音がだんだんに近づいてくる。カーテンのすきまからのぞいてみると、角を曲がって現《あらわ》れたのは……。

「ノーム？」

コスモがひそひそ声でいう。

庭にかざる小さなこびとの置物が一列になってこちらへ近づいてくる。陶器《とうき》でできているそれらが、どういうわけだか右足と左足を交互《こうご》に前に出し、えっちらおっちらと行進していた。どの顔も真剣《しんけん》そのものだ。

「やっぱりノームだ」

コスモがいう。

「ほら、ノーム、ノーム、ノーム、海の戦士《せんし》ストーム・ネプチュニアン、ノーム……」

「ちょっとコスモ、いまなんていった？」

「あそこにいるノーム、ボク名前を知ってるんだ。どうしてなんだろう？　ひょっとしたら違《ちが》うかもしれない。気になるなあ。おい、海の戦士《せんし》ストーム・ネプチュニアン！」

口をふさごうと思ったけれど、おそかった。ノームたちがいっせいにこちらへ顔をむけた。先頭にいるいちばん大きなノームが、海の戦士《せんし》ストーム・ネプチュニアンに手で合図すると、ネプチュニアンがこちらへ歩いてきて、シャワーカーテンをさっとあけた。

「海の戦士《せんし》ストーム・ネプチュニアン、久《ひさ》しぶり」

わたしは迷惑《めいわく》な人形に声をかけた。あいかわらずおもちゃサイズではあるものの、いまでは自分で動けるようになったらしい。

「わたしは海の戦士《せんし》ストーム・ネプチュニアンではない。わたしはノームだ。草を愛し、芝生《しばふ》を愛し、とんがり帽子《ぼうし》をかぶっている。庭にノームを置く文化にすっかりそまっているんだ」

「それは違《ちが》うんじゃないの」

かつて弟のおもちゃだった相手を上から見下ろしていう。

「第一に、あなたは足ひれをつけているし、顔の横にシュノーケルもつけている。第二に、あなたがかぶっているのはノームのかぶるとんがり帽子《ぼうし》じゃない。それは……」

「トイレットペーパーのしん」

コスモがかわりにいってくれる。

「この宇宙船《うちゅうせん》の飛行ミッションは？」

わたしはストーム・ネプチュニアンにきいた。

「草。芝生《しばふ》。タネ。庭仕事」

ネプチュニアンがこたえた。

「宇宙《うちゅう》じゃあ、難《むずか》しいでしょうね」

わたしはさらにいう。

「そのとおり」

ネプチュニアンがいった。

「どこを見たって、土もタネも、ひとつぶも見つからないんだから」

「そのとおり」

「それに、あなたはダイバー」

「そのとおり……ちょっと待て！　そんなことをいうつもりなどなかった。わたしをはめたな！」

「ねえ、海の戦士《せんし》ストーム・ネプチュニアンじゃなかったら、きみはなんていう名前なの？」

コスモがきく。

「わたしの名前は――」

そういって背《せ》すじをのばし、頭に乗せたトイレットペーパーのしんをまっすぐにする。

「……白ひげだ。われわれは庭仕事をする宇宙海賊《うちゅうかいぞく》ノームなのだ」

「わかった。じゃあ、この人の名前は？」

コスモが、同じように白いひげを生やしたノームを指さしてきく。

「それも白ひげだ」

ネプチュニアンがこたえる。

「じゃあ、この人は？」

コスモがまたきく。

「白ひげ」

「彼《かれ》は？」

「白ひげ」

「あっちの人は」

「白ひげ」

「そのむこうの人は」

「白ひげ」

「そのうしろは？」

「白ひげ」

「先頭にいるリーダーみたいな人は？」

「真っ白ひげ」

しまいにわたしはいった。

「おふろのおもちゃを相手に、こんなことをたずねているなんてばからしい。どうでもいいから、リーダーのところへわたしたちを連れていって」

27
「おうち」って何？

列の先頭へ連れていかれた。といっても、ノーム自体がそう大きくないから、そんなに長い列ではない。リーダーだという真っ白ひげに、ほかのノームと違《ちが》うところがあるとしたら、ひげが三ミリちょっと長いぐらいだろうか。いや、いまはノームのリーダーになる厳密《げんみつ》な条件《じょうけん》など、考えている場合じゃない（きっとわたしは、ゴミから出る有《ゆう》毒《どく》ガスで頭が少しやられているんだろう）。

「船長の真っ白ひげさん」

わたしはそういって、ひざを曲げておじぎをした。ノームに敬意《けいい》を示《しめ》す呼《よ》び方《かた》がわからないので、そういうしかなかった。

「うちの船、つまりネコ足号が、あなたの船の横腹《よこばら》にはまって動けなくなってしまったんです」

「なんてこった！」

真っ白ひげが、まるでヘリウムガスをすったかのように、みょうに高い、おかしな声でいった。

「わたしたちはペットの犬をさがして旅をしています。その旅にもどれるよう、お力を貸《か》してほしいんです。このあたりで、犬を見かけませんでしたか？」

「おお、いやだいやだ！」

うしろのほうで声がしたと思ったら、ノームたちが大さわぎを始めた。何事かと、そちらへ走ってもどると、失神しそうになっているノームがいて、仲間のひとりが彼《かれ》をだきかかえていた。

「何がいやなの？」

わたしはきいた。

「犬！　犬だよ！　夜にやってきて……そいつが……そいつが、うちらの頭の上でオシッコをしたんだ！」

「なんだ、そういうことか。そりゃ犬なんだから、庭に置いてあるかざりにオシッコをひっかけるのはめずらしいことじゃない」

わたしは安心したものの、ノームたちはいっせいに声をはりあげた。

「おお、いやだいやだ！」

一瞬《いっしゅん》あきれたものの、ノームたちはたしかに犬を目撃《もくげき》しているとわかってうれしくなった。犬としては、できれば違《ちが》う場面を目撃《もくげき》してほしかっただろうけれど。

「犬は願い下げだが、きみたちは今夜ここでねむってよろしい。明日、宿泊費《しゅくはくひ》を支払《しはら》ってもらう。そのあとで、きみたちの船をうちの船からはずしてやろう」

船長がいった。

「よかった、ありがとう――」

わたしに最後までいわせず、船長が口をはさんできた。

「だが、もしこのわたしをペテンにかけるようなまねをしたら、おまえたちを宇宙《うちゅう》に放り出してやるからな!」

「まあ、そんなおそろしいことを」

そういいながらも、陶器《とうき》のノームをけったら足を痛《いた》めるだろうかと、頭のなかで考えている。

その夜、自分たちの部屋に歩いていく途中《とちゅう》、ストーム・ネプチュニアンの部屋のドアがわずかにひらいているのに気づいた。あいさつの声をかけようとしたところ、彼《かれ》が悲しそうにうつむいて、何かをなでているのがわかった。わたしは顔をかたむけ、片目《かため》でドアのすきまからなかをのぞいてみた。なんと、なでているのは潜水《せんすい》ヘルメット。

「ストーム・ネプチュニアンも、おうちが恋《こい》しいみたい」

自分たちの部屋に入ってから、わたしはコスモとプンちゃんに話した。

「いっしょに帰ろうといえば、きっとついてくると思うんだ」

「なんで、ついてこさせたいの？」

コスモがねむたそうにいう。

「つまり……ええと……」

わたしはいいよどんだ。これは説明が難《むずか》しい。コスモが大好きだったおもちゃ、ストーム・ネプチュニアンをバスタブのなかにもどして、いっしょにいさせれば、コスモの記憶《きおく》もよみがえって、元のイラッとする五歳《さい》の弟にもどるだろうというのがわたしの考えだった。

その夜、ノームたちの船のベッドに横になり、「おうち」という言葉について考えた。

そもそも、おうちって何？

ノームはきっと、庭の芝生《しばふ》の上にもどりたいんだろう。日だまりのなかに立って、そばで庭仕事をしているミセス・ニンバスや、侵入者《しんにゅうしゃ》を待《ま》ち構《かま》えてつねにおそいかかる準備《じゅんび》をしているネコなんかをながめている。そこではカエルがゲロゲロ鳴いて、夏の夜にはコオロギの羽音がきこえる。朝ににわか雨が降《ふ》れば、それを全身で感じ、できるものなら頭をのけぞらせ、口でも雨を受けとめたいと思っている。そんな場所が、ノームにとっての「おうち」なんだろう。

じゃあ、ストーム・ネプチュニアンのおうちは？

この宇宙船《うちゅうせん》のなかにいて、ここが自分のうちだと、彼《かれ》はほんとうにそう思っているんだろうか？

いや違《ちが》う。海の戦士《せんし》のおうちは、潜水《せんすい》ヘルメットをかぶれる海のなかだ。どこまでも深くもぐっていくうちに、ターコイズ色の海が濃紺《のうこん》に変わり、闇《やみ》で光る星のように雲母《うんも》がきらきらして、魚の群《む》れが風のように方向を変えながら泳いでいく。なめらかな海草に肌《はだ》をなでられ、ゴツゴツしたサンゴが指にふれ、いきなりあたりが暗くなったと思ったら、頭上をクジラが泳いでいて、またしばらくすると明るい日差しが降《ふ》り注《そそ》いでくる。

じゃあ、わたしのおうちは？

これにはなかなかこたえが出てこない。逆《ぎゃく》にわたしのうちだとは思えない場所ならかんたんだ。自分のニックネームが忘《わす》れられ、たしかにあった傷《きず》が消えてなくなり、弟が別人のように変わってしまった世界。そんなめちゃくちゃな世界は、わたしの居場所《いばしょ》じゃない。わたしのおうちはバスタブでも、真っ暗闇《まくらやみ》のブラックホールの奥《おく》でもなかった。

じゃあ、どこ？

この問いにこたえるのは、パパが大好きだったクロスワードパズルを解《と》くのに似《に》ている。寝室《しんしつ》。キッチン。ガレージ。ブランコ。テーブル。焼きたてのクッキー。そんな言葉をどうにか組み合わせていくと、「おうち」というこたえがうかびあがるのでは？

おうちというのはたぶん、ペンダントのように首からさげて、つねに肌身離《はだみはな》さず持っているものかもしれない。人に見せてもいいし、ずっと自分だけの秘密《ひみつ》にしておくこともできる。

あるいは、大好きでしょっちゅうはいていて古くなった靴《くつ》の底みたいなもの。ソファに置いたクッションの、少しへこんだ真ん中とか、何度も通った道とか。色あせたポスターとか、オーク材の古いテーブルについたカップの輪じみとか。毎日目にしているうちに、あるのがあたりまえと思うようになったものたち。

そこでわたしは、おうちというのは、そういったものすべてをひっくるめたものだという結論《けつろん》を出した。

ずっと求めていたもの、さがしあてたもの、いつも身近にあったもの、つかいなれたもの、いい感じに古びたもの、そして何よりも、自分によくなじんだもの。

そういったものすべてが、わたしのおうちだ。

28 脱《だっ》出《しゅつ》

「コスモ、起きて」

闇《やみ》のなかで弟にささやいた。これからどうしたものか、ベッドに入ってから何時間も考えた。ノームへの支払《しはら》いは、シーツでもできるのか？　それとも芽キャベツ？　いっしょに旅をしているあいだに、わたしは愛着を持つようになったけれど、はたしてノームに、芽キャベツの価値《かち》がわかるかどうか。

それで結局、ひきょうではあるものの、イチかバチか、真夜中にこっそり逃《に》げだすしかないと心が決まった。とにかく何かしなきゃいけない。「おうち」についてあれこれ考えていたら、自分たちのうちが、めちゃくちゃになっているのに違《ちが》いないと気づいたのだ。思い出がどんどん失われていくばかりか、わたしたちを心配して、ママは病気になっているかもしれない。

「何？　どうしたの？」

コスモがねむい目をこすりこすりいう。

「これから宇宙《うちゅう》に放り出されるの？　その前にトイレに行く時間はある？」

「とにかく出かける支度《したく》をして。コスモはプンちゃんを連れてネコ足号で待ってて。わたしはここを出る前にやるべきことがあるから」

暗がりのなか、ゴミでできたかべを手さぐりしながら、長いろうかを進んでいく。

「うわっ、気持ち悪い」

ぬるぬるしたものが手にふれて、思わず声が出る。ぬれたロープか、ぬれた脳《のう》のような感触《かんしょく》だった。

ようやくストーム・ネプチュニアンの部屋にたどりつき、ゆっくりとドアをあける。潜水《せんすい》ヘルメットについた小さなランプの光で、彼《かれ》がねむっているのがわかった。そうなると、作戦は成功したも同然だ。


「ゆうかいした？」

ネコ足号にもどるなり、コスモにおどろかれた。

「やるべきことって、ストーム・ネプチュニアンをゆうかいすることだったの？」

わきの下にはさんだまくらカバーから、くぐもった声がきこえてくる。小さなダイバーのおもちゃが、つかまえられた飼《か》いネコのようにあばれている。逃《に》げないようにするには、こうするしかなかったのだ。わたしはコスモをせかす。

「いいから、掘《ほ》り始《はじ》めて。ネコ足号を切りはなしてノームたちが目をさます前にここから逃《に》げるの」

けれども、それは不可能《ふかのう》に近いことがすぐにわかった。まくらカバーのなかに閉《と》じこめられたストーム・ネプチュニアンがウエットスーツについている警報《けいほう》のボタンを押《お》したからだ。同じチームのダイバーにピンチを知らせるもので、耳ざわりな甲高《かんだか》い音があたり一帯にひびきわたる。そういえば、家のバスタブでコスモがよくそれを鳴らして遊んでいたっけ。

「助けてくれ！　ゆうかいされた！」

わたしはまくらカバーのなかに手を入れて、あせって停止《ていし》ボタンを押《お》したものの、わずかもしないうちにストーム・ネプチュニアンがまた警報《けいほう》ボタンを押《お》す。こちらも負けずに停止《ていし》ボタンを押《お》す。ネプチュニアンがまた鳴らす。それがえんえんとくり返され、しまいにやけになったわたしは、まくらカバーをひっくり返して、ネプチュニアンをバスタブのなかに落とした。

「こんなことをして、どんな目にあうか覚悟《かくご》するがいい！」

ネプチュニアンがどなった。

プンちゃんとコスモに手伝ってもらって、ネコ足号の大部分をゴミUFO《ユーフォー》から掘《ほ》り出したところで、陶器《とうき》の足音がいっせいにひびきわたり、ノームたちがこちらへむかっているのがわかった。

「なかに入って！」

わたしはどなり、みんなそろってバスタブに飛びこんだところで、プンちゃんの口に次々《つぎつぎ》と芽キャベツを放りこんでいく。どうか奇跡《きせき》のような超強力《ちょうきょうりょく》なゲップが出てくれますようにと祈《いの》りながら。その夜は幸運の女神《めがみ》がわたしたちに味方してくれたようで、片手《かたて》いっぱいの芽キャベツを数回食べただけで、プンちゃんはゲップ史上《しじょう》まれに見る、最強のゲップを出してくれた。そのかいあって、ノームの集団《しゅうだん》が出口に押《お》しよせてくるのと同時に、わたしたちの船はゴミUFO《ユーフォー》から発射《はっしゃ》されたロケットのように、宇宙《うちゅう》の空へ飛びたった。

「さよなら、ビンフィー！」

わたしは大声でノームたちの名前をさけんだ。

「ダフードル、またね！　ファジウィック、きっと手紙を書いて！　ループグリーン、だれよりもあなたに会えなくなるのがさみしいわ！　それにズームウィンクルも！　いつまでも美しくいてね、ニッケルベルズ！　みんなによろしくいってね、ピンパート！」

ゲップの噴出力《ふんしゅつりょく》ですべるように進んでいく船のなか、ストーム・ネプチュニアンは警報《けいほう》のスイッチを切り、芽キャベツの山の上にすわってふさぎこんでいる。コスモがそばによって、ネプチュニアンの手に自分の手をのせてなぐさめようとする。

「ねえ、元気を出して。どうしてきみをゆうかいしたのか、ボクにはわからないけど、おねえちゃんにはきっと考えがあるんだと思う。芽キャベツは好き？」

ストーム・ネプチュニアンはバスタブのなかを見まわす。それからコスモに目をむけ、潜水《せんすい》ヘルメットに目を落とした。

「なぜだか知らないが、この場所がすごくなつかしく感じられる」

そういうネプチュニアンに、コスモがいう。

「そりゃそうだよ。出会ってからずっと、ここで毎日いっしょにおふろに入ってたんだから……。ちょっと待って。それってほんとう？」

コスモがこたえを求めるように、わたしに目をむける。それからネプチュニアンに目をもどし、びっくりした顔でいう。

「思い出した」

「わたしも……思い出した」

ストーム・ネプチュニアンもいう。

こういうことを認《みと》めてしまう自分が信じられないけど、コスモがばかげたダイバー人形をぎゅっとだきしめたとき、ちょっぴりだけどわたしの目に涙《なみだ》がにじんできた。さらにまずいことに、コスモがネプチュニアンをだいて、船のへさきに立つ人魚の模型《もけい》のように、バスタブのへりに立たせたときには、われ知らずテーマソングを歌いだしていた。

♪イソギンチャ〜クもイソギ足
それゆけストーム・ネプチュニアン！
海の戦士《せんし》はおおいそがし
イソガイよ〜りもいそがしい
それゆけストーム・ネプチュ ニアン！
海の平和を守るんだ！

弟が、また以前の弟にもどったのは、やっぱりうれしかった。そこで気がついた。ストーム・ネプチュニアンのおうちは海のなかじゃない。彼《かれ》にとっては、コスモといっしょにいられる場所がおうちなんだ。コスモが海流のようにネプチュニアンをさまざまな場所へ連れていき、いっしょにタツノオトシゴやドラゴンの背中《せなか》に乗る。

遠くに小さな光が見えてきた。まるで星みたいな。それがわたしの部屋についている常夜灯《じょうやとう》を思わせ、これといった理由もなく、そちらへネコ足号をむかわせる。コスモとネプチュニアンがいっしょになって歌い、遠くに小さな希望の光が見えているいま、つかのまだけれど、このバスタブのなかが、なんとなく、わたしのおうちのように感じられた。

29 ぺたんこキリンとボール紙の月

　コスモとネプチュニアンが遊んでいるあいだ、わたしとプンちゃんは、プンちゃんの胃《い》のなかにたまったガスとシーツの帆《ほ》を活用して、遠くに見える光をめざして船を進めた。近づけば近づくほど、その光は大きくなっていき、じきにあれは光ではなく、れっきとした天体なんだとわかってきた。

「もっと近づいていって、あの天体を探検《たんけん》するべきだとボクは思う」

　コスモがいった。

「わたしも賛成《さんせい》だ」

　ネプチュニアンがいう。

「プンちゃん、おふろのおもちゃと子どもがそういってるけど、あんたはどう思う?」

　プンちゃんはわたしの顔を見つめて考えているようすだった。ひょっとしたら、いまこそわたしを食べる絶好《ぜっこう》のときだと思っているのかもしれない。

　まだ着陸はひかえ、その天体がよく見えて危険《きけん》がなさそうな場所へ近づいていく。近くから見ると、その天体には樹木《じゅもく》が生え、湖や野原や川なんかもあるのがわかる。けれど、動いているようなものは何ひとつ見あたらない。それでも、ふしぎなことに、この風景がなつかしく感じられてしかたない。以前にここに来たことはない。実際《じっさい》にブラックホールのなかにある天体を訪《おとず》れたというなら、そんなすごいことを忘《わす》れるわけがなかった。

「見てよ、おねえちゃん、むこうのほうに、月みたいなものがあるよ」

コスモのいうとおりだった。左の方向から近づいてくるのは三日月だった。

「だけどあの月、何か針金《はりがね》みたいなものがくっついてる」

コスモが気づいた。

その前をゆっくり過《す》ぎていくとき、たしかに月は、ものすごく長い、かたい針金《はりがね》で天体につながっているのがわかった。月自体は、なんとボール紙でできている。

「茶色いボール紙だ。学校で子どもがつくる工作みたい」

わたしはいい、船から天体を見下ろして、生き物の気配がないかどうか目でさがす。

すると遠くのほうに、動物の群《む》れのようなものが見えた。そちらへ船を進めていく。

「サファリにいる動物みたいだよ」

コスモがいう。

たしかにそうだった。でも動物にしては、どこか変な感じもした。

「きゃっ！」

思わずさけんだ。

キリンの一頭が、くるりと方向を変えたとたん、いきなり消えたのだ。

「ぺったんこで、片面《かためん》しかないんだ」

コスモがいう。

「ねえ、おねえちゃん、キリンって、工作用紙でできているなんてことある？」

「うーん、あるかも。子どもがつくったもので、それをブラックホールに入れたら、生き物に変身したっていうことならね」

いいながら、ようやくわかってきた。なぜこの天体がなつかしいような気がしたのか。

紙でできた川、うまく切りぬけなかったゆがんだ星、ぺたんこの動物にへたっぴに描《えが》か

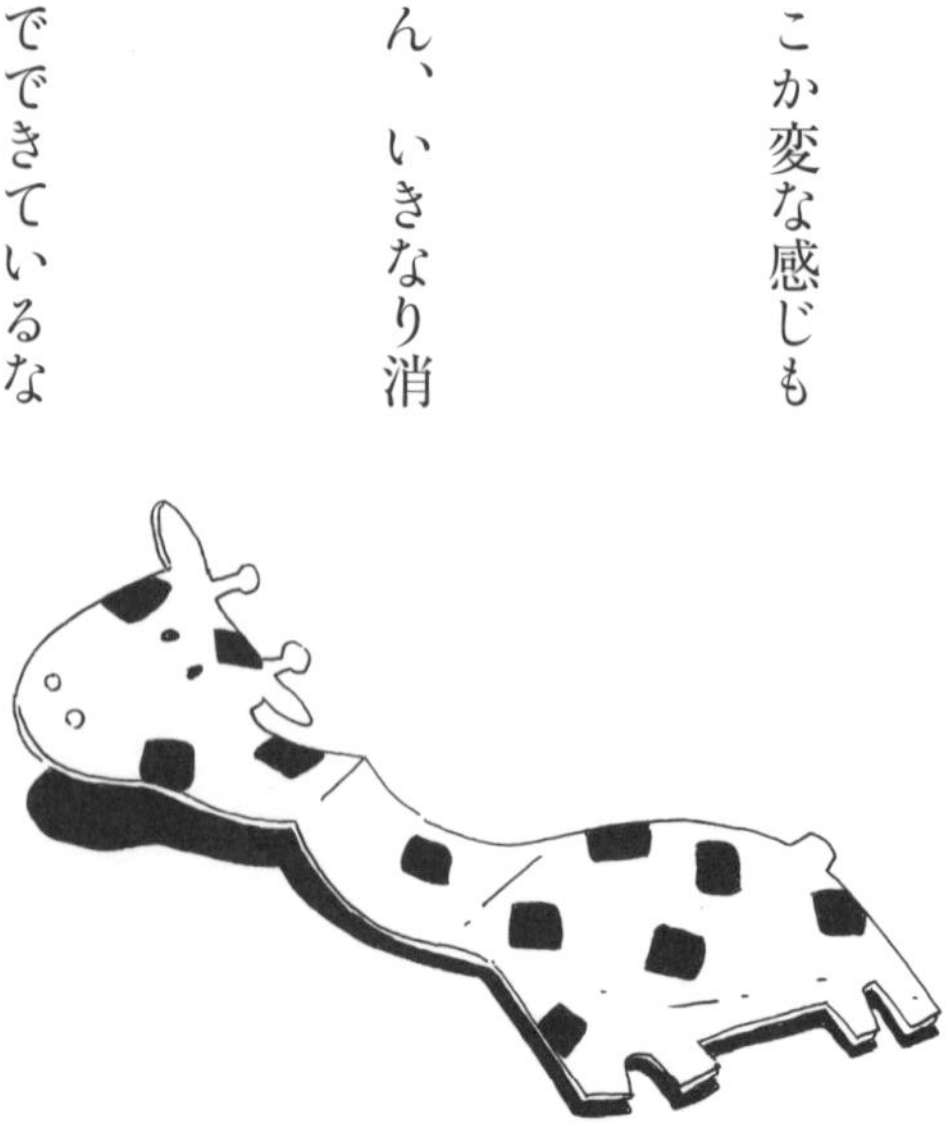

れた口や目。これは科学クラブに入るために、パパといっしょにつくった天体ステラリウムだ。そうしてもちろんこれも、ほかの思い出の品といっしょにブラックホールに食べさせたのだった。

これをつくった日の記憶《きおく》がはっきりとよみがえった。月や星や雲を、針金《はりがね》をつかって固定しようと決めて、雲は丸い脱脂綿《だっしめん》をつかった。星は段《だん》ボールを切りぬいて金色にぬったけど、途中《とちゅう》で金色の絵の具が足りなくなったのだった。

するとコスモがいう。

「あっちを見てよ。あそこの空にはオレンジや赤や黄色の星もあるよ。すごくきれいだ」

「あの雲をぬけて下におりていけば、古本のページでつくった川が流れているの」

「ええっ！　どうしてわかるの？」

わたしは川の方向を指さしていう。

「だってこれはわたしの天体だから」

★30 言葉の川

　コスモをはじめ、仲間たちはもうねむっている。とりあえず今晩《こんばん》のうちは天体の上空にとどまっていて、危険《きけん》がないことを確認《かくにん》してから着陸することに決めたのだった。わたしは最初の見張《みは》りに志願《しがん》した。

　現在《げんざい》ネコ足号が位置しているのは、パパとわたしがつくった「言葉の川」の上空だ。いまのコスモと同じ年ごろに、わたしが書いたお話があって、それがもうどうしようもなくくだらないために自分でもいやになって、捨《す》てたいと思った。そうしたらパパが、お話につかった言葉を切りはなして、言葉の川をつくろうといいだしたのだ。この川でつりをすれば、いろんなアイディアやまったく新しい文章がつれる。

　いまわたしもひとつ、つり上げた。

「わー、これはスズメバチの巣みたいに、女王バチがぐちゃぐちゃにかんだ木のみきと、つばからつくられている文だ！」

　説明するものの、みんなねむっていて、だれもきいていない。

言葉をつり上げて文章を考えるのは楽しい。ブラックホールが世界を食いつくしてしまうと考えるのとはまったく逆《ぎゃく》の気分だ。わたしはだまってつりを続ける。

これは、リスたちがドングリをうめた場所を忘《わす》れてしまったために、毎年土のなかから顔を出す、無数の木の芽でできている文。

これは、長くおけに入れっぱなしにしたために、びしょびしょになって読めなくなっている文。

これは、細かく刻《きざ》んでハムスターのケージのなかにしきつめるべき文。

これは、宇宙《うちゅう》に放たれて、およそ四万年後に、グリーゼ445星から一・六光年圏《けん》内《ない》に到達《とうたつ》する文。

この文、においがおかしくない？　消費期限《しょうひきげん》を過《す》ぎている。

これは、水中の光、樹木《じゅもく》の葉越《はご》しに見る光、もう見飽《みあ》きている顔の新しい面をうかびあがらせる光など、ありとあらゆる種類の光をリストアップした、一冊《さつ》のノートからちぎりとられた文。

これは、人の気持ちがわからない、まだ成長途中《せいちょうとちゅう》の文。

この文は、枯《か》れていく花のあまいにおいがする。

これは、存在価値《そんざいかち》を認《みと》めてもらえずに絶滅《ぜつめつ》した文。

これは、「パパがいなくなった」とだけ書かれている文。

パパがいなくなった。

この文だけは、その先に何かべつの文が続かないかぎり、成り立たない気がする。「それはありえない」とか、「でも、いまにも玄関《げんかん》のドアをあけて帰ってきて、やあ、ただいまステラ、というだろう」みたいに。

そういう文をつり上げようと、何度も何度もつり糸をたれてみるものの、わたしのつり糸はねじれていて、ルアーもはずれてどこかへ行ってしまった。

そうしたら、こんな文がひっかかった。

いつまでも手放せないでいると、台無しになる。

しまいに、文ではなく地図もひっかかった。いや違《ちが》う。よく見るとそれは思い出であり、うちに帰りたいという心からの願いだった。

31 ステラリウム

結局、この天体に危険《きけん》はない（あるとしたら、ぺたんこのキリンぐらいだ）と判断《はんだん》し、ネコ足号をステラリウムに着陸させることにした。

「北には、『魚のいない湖』があるの」

わたしは指をさして、みんなに説明する。

「わたしは魚が大きらいだから、そういう名前にしたの。スイミングのキャンプに行って湖で泳いだときに、魚に体をこすられてね。実際《じっさい》には魚じゃなくて海草だったんだけど、それでもきらい。ぞっとする。そして、南にはミニ火山があるの」

「小さい火山？」

コスモが遠くにそびえる大火山のクレーターを指さしていう。

「天体モデルのときには、小さかったの。そのてっぺんに星をみる観測所《かんそくじょ》もあるんだよ。それをつくろうっていいだしたのはパパ」

「でも火山が爆発《ばくはつ》したらどうするの？」

「そういう場所で星を観察するのもスリルがあっていいなって思ったの。そして東には、ゲラゲーラ山脈。そこでは思いっきり笑うことができて、その笑い声が山や谷に反響《はんきょう》して、こだまが永遠《えいえん》にやまない。そしてもちろん、いまいるのはステラリウムの西。だって言葉の川の岸辺だから。

さて、これからどっちへ行く？　みんなで投票でもする？」

するとネプチュニアンが提案《ていあん》した。

「あるいは、なんだか知らないが、あれにきいてみるのもいいかもしれない」

ネプチュニアンは南の方角に目をむけていた。

見れば、何か生き物らしきものが、チラシをのりではりあわせた張《は》りぼての地面を歩いて、わたしたちのほうへ近づいてきていた。

またぺたんこの動物？　今度はサイとか？　それとも紙の歯をむきだした、大きなジャングルキャット？

「長い鼻を二本のばしたゾウみたいだな」

コスモがいう。

「あるいは、あしが二本しかないタコ」とネプチュニアン。

「おねえちゃん、思い出してよ。この天体をつくったとき、ほかにどんなものをくっつけたの？　二匹《ひき》のヘビが頭にかみついているダチョウとか？」

「いや、そんなものをつくった覚えはないけど」

近づいてくるにつれて、あれは生き物じゃないという確信《かくしん》が強くなっていく。それは、糸まきにまいた毛糸を数個《すうこ》、タネのように土にうめて、さあここからどんな生き物が生まれてくるか試《ため》した、実験結果のようだった。さまざまな色の毛糸からなるそれらは、二本の腕《うで》と胴体《どうたい》しかないようで、手首に花輪のようなものをつけている。

すぐそばまで来たところで、そのおかしな者たちにむかってコスモがきく。

「ひょっとして、ボクらをいけにえとして、火山にささげようっていうの？　そういうことなら、ボクを連れていって」

「だめだ！」

ストーム・ネプチュニアンがさけんだ。

「わたしが行く。きみなしで、わたしは冒険《ぼうけん》などできやしないのだから」

「いや、ボクが行く」

コスモがいう。

それからふたりはたがいの顔をじっと見つめあう。はなればなれになっていた親友同士が、ようやく再会《さいかい》をはたしたのだ。そのようすを見ていた奇妙《きみょう》な毛糸のおばけたちは、本来なら頭があるはずの何もない空間を腕《うで》でぴしゃりとたたいた。

「ちょっと待ってくれ」

毛糸のおばけがいう。

「のり以外のものがつまっている火山がこの天体にあるなら、こっちはよろこんで、あんたらふたりいっぺんに火山のクレーターにぶちこんでやる。だが、悲しいことにそうではないのだよ。とにかく、わたしについてきなさい」

わたしたちは、同じような毛糸のおばけがうじゃうじゃそろっている場所に連れていかれた。

「われわれはセーター族。ここはわれわれの天体で、名前は――」

「ステラリウム」

わたしは口をはさんだ。

「なんと！　どうして知っているのだ？」

族長らしきセーターがおどろいているのを見て、わたしはいってやった。

「ファスナーつきセーターも、ボタンつきセーターも、よーくききなさい。ここはあんたたちの天体じゃない。わたしの天体なの。でもって、あんたたちセーターだって、ほんとうはわたしのもの。セレステおばさんが編《あ》んでくれたんだから。それがどういうわけだか、ブラックホールのなかにある、この天体に行き着いたってわけ」

「失敬《しっけい》な！」

セーターたちがどなった。

「失礼にもほどがある！　そんなことを認《みと》めたら、全知全《ぜんちぜん》能《のう》のステラさまに申《もう》し訳《わけ》が立たない！」

「えっ、全知全能《ぜんちぜんのう》の——何？」

「ここステラリウムでは、全知全能《ぜんちぜんのう》のステラさまを崇拝《すうはい》しているのだ」

「ちょっと待って、ステラって——」

コスモがわたしを指さしていいかけるものの、わたしは

弟の言葉を途中《とちゅう》でさえぎった。

「それで、あなたたちは、そのステラって人に好意を持っているの？　毛糸でぐるぐるまきにして監禁《かんきん》するとか、そういうことを考えているわけではないと？」

「まさか。ステラさまを愛さない者は、この天体にいない」

そういうと、前にのばした両そでをみょうな感じでくねらせて、S字《エスじ》を描《えが》いてみせる。

「われわれはステラさまのためなら、なんだってする。ステラさまをあがめたてまつっているのだから」

もっといろいろきいてみたかったけど、そのうちどこかで、ほら貝の音がプオオーッと鳴りひびいた。

「時間だ！　時間だ！」

セーターたちがさけび、火山にむかっていっせいにかけだした。走りながらぴょんぴょんとび上がり、手を打ち合わせている。

「時間って、なんの？」

「〝ステラ書〟を読む時間だ」

興奮《こうふん》したようすで族長がいう。

「なんなの、それ？　何かのお祝い？」

わたしがきくと族長がいった。

「そうじゃない。一時、二時、三時……ちょうどぴったりの時刻《じこく》に毎回ステラ書を読むのだ。それこそ、われわれにとって至福《しふく》の時間。賢明《けんめい》なるステラ。天才ステラ。ステラさまがつづったお言葉のひとつひとつを、ありがたく味わうのだ」

自分の顔が赤くなるのがわかり、照れかくしに髪《かみ》に手をやる。

「いくらなんでも……天才はいいすぎ」

そういいかけて、はっと気づいた。本みたいな形をした聖堂《せいどう》のてっぺんに、ふわりと立っている一枚《まい》のセーター。そのそで先に、あざやかな青色の本が見えかくれしている。表紙に散らばる白い星々《ほしぼし》。

わたしの赤くなった顔が、たちまち青くなった。

「あれって……わたしの日記？」

32 ステラ書の朗読《ろうどく》

「一九七六年五月十日。わたしステラ・ロドリゲスは、今日正式に恋《こい》に落ちた」

司祭役のセーターが読みはじめる。

「やだやだ、ちょっとやめてよ」

「トニー・ルナは、まさに理想の男性《だんせい》で、校内に彼《かれ》ほどすてきな人はいない」

虫よけ玉をくっつけたチクチクセーターは読み続ける。

「それに彼《かれ》は科学クラブに入っている。ということは、わたしたちが結婚《けっこん》したら、NASA《ナサ》でいっしょに働き、いっしょにランチを食べて、休憩時間《きゅうけいじかん》にはベタベタいちゃついて――」

「やめて！　読まないで！」

大声でどなったあと、聖堂《せいどう》の階段《かいだん》をすたすた上がっていって、日記をつかもうとする。

しかし手がとどく前に、そでっぷしの強そうなセーター二枚《まい》が両わきから飛びかかってきて、わたしをもみくちゃにして自由をうばう。

「あんたたちはぜんぜんわかってない。それはわたしの日記。わたしがステラ。そこに書いてあるのは、人に知られたくない秘密《ひみつ》で、はずかしいことも書いてあるんだから」

セーター族のおしゃべりがやみ、みんながわたしに注目する。

「きみはなぜ、ここに来たんだ?」

司祭セーターがいう。

「わざわざここまでやってきて、うそをならべたてるのはどういうわけだ?」

「まずいいたいのは、わたしはうそなんかついてないってこと。わたしたちはペットの犬をさがしていて、見つかったらすぐ家に帰るつもりなの。このへんで犬を見なかった? 小さくて、芸も……少しする」

「芸っていうのは、自分のしっぽを追っかけることだよ」

コスモがつけたす。

「その犬の名前は?」

司祭セーターがきく。

「それが、じつは名前っていうのはなくて……」

説明しようとすると、相手にさえぎられた。

「ステラ書には、名前のない犬のことなど、まったく出てこない」

そういって、わたしをとがめるように、日記をかかげる。するとセーターたちがいっせいにうなずき、そうだそうだといいあいだした。どうやら、すでに何度も読んで内容《ないよう》を暗記しているらしい。冗談じゃない！

「そのとおり。わたしの日記——ステラ書には、名前のない犬のことは書かれていない。なぜかというと、犬を飼《か》うよりずっと前に日記を書くのをやめたから。

それはいいとして、犬を見たの、見てないの？　見てないなら、時間のムダだからわたしたちは先へ進む。あんたたちは、わたしの日記をつかって、おかしな宗教行事《しゅうきょうぎょうじ》を続ければいい」

するとセーターはわたしに背《せ》をむけ、谷を見下ろしながらしばし考える。

「そういう犬なら見た」

「えっ、ほんとうに？　どこで？」

「きみは自分がステラだという。だったらそれを証明《しょうめい》してごらん」

「学生証《がくせいしょう》は持ってきてないの。だってブラックホールのなかで必要になるとは思わなかったから」

「わたしがさっき読んでいた日の日記。その先に何が書いてあるか、いってごらん」

「マジで?」

「マジで」

相手はあっけらかんとそういった。アーガイルのもようもにくらしい、まったくふてぶてしく、鼻持ちならないセーターだった。わたしは大きくため息をつき、はずかしさを追いはらうように、ぎゅっと目をつぶった。

「トニー・ルナこそ、わたしの理想の結婚相手《けっこんあいて》――(だと思っていたっていう、過去《かこ》の話だから、念のため)――で、もう好きで好きでたまらない。彼《かれ》がいれば、わたしの人生はバラ色……とかなんとか書いたあとに、結婚式《けっこんしき》はどんなふうにやるか、子どもは何人生まれるか、その子たちひとりひとりの名前も考えて書いた。とまあ、そういうこと!　どう、これで気がすんだ?」

「ほほう、その結婚式《けっこんしき》についても、くわしく話してみたらどうかね」

ふざけたことをいう相手に体当たりして、首をしめてやりたかった。けれどセーター族には首がない。そこが大きな問題だった。

「わかった、わかった。たしかにきみはステラ書のことをよく知っている。しかしながら、このステラ書には、ほかのセーター族にはまだ一度も読み聞かせていない部分がある。最後に書かれている文章だ。なぜ読まずにとっておいたのか、自分でもわからないが、もしその部分に書かれている内容《ないよう》をいえるなら、きみがステラであると信じよう」

こまってしまった。コスモの顔をちらっと見る。もちろん、最後に書いた日記の内容《ないよう》は覚えている。ぬき打ちテストにやられたとか、トニー・ルナにあるかなきかの口ひげが生えているのを見つけたとか、そんなつまらないことしか書くことがなくなって、かなり長いあいだ日記からはなれていたあとで、ほんとうに久《ひさ》しぶりに書いたのが最後の日記だった。その部分がいやだったから、ブラックホールに日記をまるごと食べさせたのだった。

選択肢《せんたくし》はふたつ。その一、最後に何を書いたかなんて、すっかり忘《わす》れたふりをして、そこに書かれていることは一生口にしないですませる。できるならそうしたい。しかしそうなると、犬をさがしあてて家へ帰るという望みがまた遠のいてしまう。やっぱり選《せん》択肢《たくし》その二を選ぶしかない。つまり、自分の書いたことを話す。書いただけで、これまで一度も声に出していったことのない言葉を口にするのだ。

「やっぱりやめておく」と、そういうつもりだった。ところが実際《じっさい》にわたしの口から出てきたのは――。

「最後に書いたのは、パパのこと」

それからコスモを手で指していいたす。

「わたしたちのパパのことよ。そこには書いてないけど、パパは死んだの」

一瞬《いっしゅん》口をつぐんでから、先を続ける。

「最後の日記は、パパの三日月形のあざが、右手についていたのか、左手についていたのか、思い出せなかった日に書いたの。どんなに記憶《きおく》をさぐっても、どうしても思い出せなくてパニックになった。それで日記を取り出したの。パパが死んでからは、もうまったく書かなくなっていたから、ひらくのは数か月ぶりだった。

それで日記に、パパについて思い出せるかぎりのことを全部書いていった。忘《わす》れたくないと思うことは、どんなに小さなことでも、もらさず書いていった。朝から夕方までずっと書き続けて、夕食のあとにもまた書いた。

それからずいぶんたってから、その日記をブラックホールに食べさせたの。それでリストに書いたことも全部忘《わす》れたと思っていたんだけど、実際《じっさい》にはそうじゃなかった。

リストの最初に書いたのは、パパがつくる料理はいつもちょっぴりこげているってこと。でもそれをいったら、一所懸命《いっしょけんめい》つくったパパがかわいそうだから、家族はだまっている。それから、パパがわたしに声をかけるとき、たまに〝スーちゃん〟て呼《よ》ぶことも書いた。その呼《よ》び声をもうきけないのがどんなにさみしいかも。わたしの話をきくとき、パパはいつもにこにこしていた。そして、どうしてそんなおかしなことをいうのか、だれにも理解《りかい》できないんだけど、パパには決まり文句《もんく》がいくつかあった。たとえば、『もしもし、そこの人、おいらのことをご存《ぞん》じないか？』とか」

わたしがいうと、コスモがゲラゲラ笑いだした。

「ボクがテレビのまんまえにすわっていて、画面が見えないときとかにいうんだよ」

そういって顔をほころばせる。

「それから、パパの好きな歌も書いた。おかしなダンスをすることとか、シャワーを浴びながら歌を歌うこととか。パパのつくったジョークのうち、最高傑作《さいこうけっさく》のものと最悪のものとか、しょっちゅう眼鏡《めがね》をなくすこととか。いっしょにならんで歩くと、わたしの影《かげ》のとなりに、パパの長い影《かげ》がのびることとか。

そのリストは、わたしにとって、未知の異星人《いせいじん》に大切なことを知らせる、ボイジャーのゴールデンレコードみたいなものだった。あの日のわたしが、未来のわたしに、こういったことを絶対忘《ぜったいわす》れないでねって、記録に残しておいたの」

コスモに目をむけると、わたしの顔をじっと見返してきた。涙《なみだ》がもり上がってこぼれそうになっているけど、それでも笑顔《えがお》だった。

セーターたちに目をやると、みんなそろって、首まわりの穴《あな》をわたしにむけていた。おじぎをしているのだ。

それから頭上に光る紙の月と、紙の星を見上げる。あれもパパといっしょにつくった。ゆがんでいたり、片面《かためん》しかなかったり、いろいろ足りない点もあるけれど、パパとつくりあげた美しくかがやく世界に、いまわたしは立っている。

「パパが死んじゃって、わたしの人生には穴《あな》があいた」

だれにともなくいったあと、ふと気がつくと、わたしの目の前に、日記が差し出されていた。

「うたがってすまなかった。これはたしかにきみのものだ」

それから相手は、この上なくうれしいことをいってくれた。

「さて、じゃあこれからきみたちを、名前のない犬のところへ案内しよう」

★33 シンギュラリティーへ

ブラックホールの中心にはシンギュラリティーと呼《よ》ばれるものがある。特異点《とくいてん》とも呼《よ》ばれるそれは、大量のものが超密度《ちょうみつど》に圧縮《あっしゅく》された点で、無限《むげん》の重力が働いて時空世界が無限《むげん》に湾曲《わんきょく》し、われわれの知る物理法則《ぶつりほうそく》は無効《むこう》となる。

こういう文章をブラックホールについて調べていたときに読んだことがあった。シンギュラリティーを短くした名前をラリーにつけたときも、これを読み返した。それで、セーター族の族長から、犬がかくれていそうな場所を教わったときも、それを思い出したのだった。

「あそこに光る星にむかって船を進めていけば、真北へむかうことができる。そうして丸一日も進んでいけば、犬のいる場所へたどりつくよ。そこにはこの上なく深い闇《やみ》があって無限《むげん》の重力が働いている。近づけば近づくほど、きみたちは自然にそこへひっぱられていくから大丈夫《だいじょうぶ》」

セーター族たちは、わたしたちの出航準備《しゅっこうじゅんび》を手伝ってくれた。

「ありがとう」

わたしはお礼をいった。社交辞令ではなく、心からありがたいと思ったのだ。

家にいるときは、へんてこなセーターたちをひどくきらっていて、ブラックホールに食べさせてやっかいばらいをしたと思っていた。けれどこれもブラックホールに食べさせたほかの多くのものと同じで、ほんとうはわたしに必要なものなのだとわかった。おぞましい色とデザインではあるものの、これまでママにも、コスモにも、学校カウンセラーにもできなかったことを、このセーターたちはやってのけた。つまり、パパが死んだという事実からずっと目をそむけていたわたしに、現実《げんじつ》を受け入れさせたのだ。

パパの死を正面から見つめたら、わたしはきっと絶望《ぜつぼう》するだろうと思っていた。ところが実際《じっさい》にはそうではなく、ほんのちょっぴり心が軽くなった。

セーター族にあれこれ手伝ってもらい、風の力も借りて、ステラリウムから暗い空へ、わたしたちはネコ足号を出航《しゅっこう》させた。

言葉の川をわたるときには、川面《かわも》が波立って、名詞《めいし》や形容詞《けいようし》をはじめ、いくつかの動詞《どうし》がパシャパシャはねあがった。遠くの火山は噴火《ふんか》して、重曹《じゅうそう》とのりを飛び散らせている。ひょろりとした木の前を通ったとき、それが以前はまだ小枝《こえだ》でしかなかったのを思い出した。

「そうそう、忘《わす》れるところだった。パパといっしょに天体の北極点に小枝《こえだ》をくっつけたんだ。これが道しるべになって、正しい道を教えてくれるって、パパがそういっていた。それで仕上げに、その枝《えだ》のてっぺんに星をくっつけたの」

「じゃあ、あそこに光っているのが、その星《ステラ》なんだね」

わたしの名前が星を意味するとわかっていて、コスモがいった。

コスモとわたしと、たよりになる乗組員たちは、その星をじっとながめる。丸い脱脂《だっし》綿《めん》でできた雲のあいだから、ステラがきらきら光を放っている。ここにいたって初めて、自分たちはきっと正しい方向へむかっていると思えた。

34 観覧車《かんらんしゃ》に乗るハンバーガー

ステラリウムから目的地まで、一日ではとても着かなかった。肌《はだ》にチクチクするセーター族は、チクタク進む時間の感覚が、わたしたちとはまったく違《ちが》っているのかもしれない。

旅のあいだ、コスモとわたしは、芽キャベツをつかってチェスに似《に》たゲームをしていた。なんといっても芽キャベツをぶつけ合う芽キャベツ合戦がいちばんだけど、これもまた楽しいゲームで、この勝負が百九回目に入ったところで、船の右舷下《うげんした》方向にふしぎなものを目撃《もくげき》した。いや、船尾下《せんびした》というべきか、それとも左舷下《さげんした》？ 待て待て、これは結局バスタブなのだから、部位の名称《めいしょう》はどうでもよく、肝心《かんじん》なのは、それを目撃《もくげき》したということだった。

「あれはきっと、何かこまったことがあったときに助けを求めるものじゃないの？」

コスモがいった。

「何か食べるものかもしれない」とわたし。

「グランプル、グランファー」とプンちゃん。

問題は、わたしたちの船が下へおりていくことができないということだった。それでじっくり討議《とうぎ》した結果、だれかひとりがロープを伝って下におり、あれがなんなのか確認《かくにん》しようということになった。プンちゃんは肥満《ひまん》という問題をかかえているので（芽キャベツダイエットは彼《かれ》の場合、まったく効果《こうか》がないようだった）、候補《こうほ》から真っ先にはずされた。ネプチュニアンは足ひれをつけているのでロープを上り下りするのは難《むずか》しく、わたしには船長としてあらゆる責任《せきにん》が肩《かた》に重くのしかかっている。それで結局、コスモが行くしかないということになった。

下までおりていったコスモをまた上に引きあげたところ、これといって大さわぎをするわけでもない。むしろ悲しそうな顔をしている。

「コスモ？　大丈夫《だいじょうぶ》？　下に何があったの？」

コスモの顔は月のように青白く、わたしと目を合わせようとしない。下から取ってきた紙のたばを無言でわたしに突《つ》き出《だ》す。

「あっ。コスモが描《か》いた絵。おかしいな……どうしてこんなところに……」

コスモは胸《むね》の前で腕組《うでぐ》みをし、バスタブのむこうはしへ行くと、わたしにくるっと背《せ》をむけて腰《こし》を下ろした。ストーム・ネプチュニアンは流されやすい性格《せいかく》で、コスモがわたしに激怒《げきど》しているなら、自分もおこったほうがいいんだろうと思い、こちらもわたしに背《せ》をむけた。さらにはプンちゃんまで、毛深い背中《せなか》をわたしにむけた。はいはい、わかりましたよ。

「コスモ、これにはわけがあるの」

「おねえちゃんは芽キャベツが大きらいだった！」

コスモがどなる。

「そう、たしかに……」

「セレステおばさんの編《あ》んだ、めちゃくちゃなセーターも。夜に捨《す》てに行くのがめんどうなゴミも。世界一すごい音楽の天才ビーグルズのレコードも。それにきっと……ボクのことも大きらいなんだ」

「コスモが大きらい？」

わたしは正直いっておどろいた。

「そんなことあるわけない。コスモが描《か》いた絵はうっかりしててラリーに食べられちゃったの。うそじゃない。今度コスモから新しい絵をもらったら、食べられないようにする。だってわたしは、コスモの絵が大好きなんだから。たとえばこれ」

わたしはいって、コスモが下から取ってきた絵の一枚《まい》をかかげる。

「えーと、これはなんだっけ？　キリン……が、おこったラマとキスをしてる……マカロニチーズの池のなかで。そうだよね？　これこそ、アートよ」

「それは、ボクとストーム・ネプチュニアンを描《か》いた絵」

コスモがいった。

わたしは絵をさかさまにする。

おかしい。どうしてコスモの描《か》いた絵だけは、ブラックホールに放りこまれたほかのもののように、変化しないんだろう。

「あっ、ほんとだ」

しかしそのこたえはまもなくわかった。コスモが絵の説明を始めたとたん、まるでねむりからさめたように、紙に描《か》かれた絵がさっと起き上がるのだ。フェルトペンやクレヨンで描《か》いた線が紙からはがれて動けるようになり、ほどけた糸のように紙の上でおどり、自由に泳ぎまわってコスモのいったとおりの絵になる。

「うわっ。ボクなんにもしてないよ。どうして？」

コスモがいう。

「ちょっとちょっと、これを見て」

わたしはいって、次の絵をかかげる。

「これはまたすごいなあ。観覧車《かんらんしゃ》に乗るハンバーガー。そうでしょ?」

「それは、ケージのなかの回し車で走ってるプンちゃんだよ」

「そうそう、わかってる! 冗談《じょうだん》でいっただけ」

絵のなかのプンちゃんが回し車のなかで走りだした。

次はどんな絵が出てくるのかと、コスモがちょっと首をのばす。

「これは、猿人《えんじん》ふたりがレーザー銃《じゅう》でたたかっているところ?」

わたしはいった。

「それは、ママとセレステおばさんがセーターを着て、お茶を飲んでるところ」

「そうかティーカップだ。レーザー銃《じゅう》でお茶を飲む人なんていないもんね」

コスモがプンちゃんの体を乗り越《のこ》える。いまではプンちゃんも動く絵を夢中《むちゅう》になって見ていた。

「それと、そっちがおねえちゃん」

コスモがいって、次の絵を指さす。

「わたしは、スーパーヒーロー？」

絵に描《か》かれている人間は、背中《せなか》に赤いマントをつけて、ブロントサウルスか、あるいは車か、とにかく大きなものを頭上に持ち上げていた。

「そうだよ。力持ちだからね。それと、これはおねえちゃんとボク」

コスモが次の絵を指さす。

目にもあざやかな緑の芝生《しばふ》。そこに、姉と弟と犬がいる。わたしとコスモはサッカーボールをけっていて、ふたりともにこにこ笑い、サングラスをかけた太陽も空からほほえんでいる。

わたしはコスモとサッカーボールで遊んだことはない。これまでに一度も。正直にいえば、最後に何かしていっしょに遊んだのはいつだったか、まったく覚えていない。

「どれもいい絵だね。いろんな人の絵がたくさん。パパの絵も一枚《まい》ぐらい描《か》いておけばよかったね」

「パパ？　パパの話はしちゃいけないんじゃなかった？」

そんなことはないと、コスモにいいたかった。けれどいえない。以前のわたしだったら、コスモがパパのことを話したら、きっとおこって、パパを思い出させるものを、もっとたくさんラリーに食べさせていただろう。そうやって自分の人生を悩《なや》ませるものをかたっぱしから取《と》り除《のぞ》いていった結果、ついには大事なものまで失ってしまう。

「ねえコスモ。パパは昔、犬のかじる骨《ほね》を食べたって知ってる？　ちょうどいまのコスモと同じぐらいの年のとき、親友に、そんなことできるかっていわれて、挑戦《ちょうせん》を受けてたったんだよ」

わたしの話にコスモが目をまんまるにした。

「うそだよ」

「ほんとうだって。あと、パパはゲップでアルファベットがいえるって知ってた？　わたしに、電話なやみ相談室に電話をかけさせたことは？　あと、ママとパパがどうやって知り合ったか知ってる？　おたがいをまったく知らなかったとき、映画館《えいがかん》でならんですわってて、ママがパパの肩《かた》にもたれてねむっちゃった。パパはなんにもいわないでそのままママをねかせておいて、映画《えいが》が終わって最後のクレジットロールが完全に消えてから、ママを起こしたんだって」

するとコスモが負けずにいう。

「じゃあ、おねえちゃんは知ってる？　パパとボクは好きな動物が同じなんだよ。赤ちゃんアヒル。あと、ボクが十六歳《さい》になったら、名前を変えられるってパパが教えてくれた。ボクの好きな名前、ラルフにね。それと、ボクが幼稚園《ようちえん》から帰ってきて、おねえちゃんがいないとき、クッキーの生地《きじ》をパパといっしょに食べたことがあるんだ」

わたしの口元がほころぶ。赤ちゃんアヒル。ラルフ。どちらの話もゆかいだったけれど、いちばんおかしかったのは、クッキーの生地《きじ》。ママとコスモがいないとき、わたしもパパといっしょにクッキーの生地《きじ》を食べたのを思い出したから。

そして、気づいた。自分はこんなにもパパを恋《こい》しく思っている。コスモだって、パパがいないのがさみしくてたまらない。だからコスモはわたしを求めていた。わたしもコスモを求めていたんだって。

それでふたり、覚えていることをかたっぱしから話し合った。すごいことがあった日のことも、ごくふつうの日のことも。そんなふうにいっぱい話したものだから、なんだかパパがまだ生きているように思えてきた。わたしのなかに生きているパパと、コスモのなかに生きているパパがまばゆい光を放って、ブラックホールの闇《やみ》をかき消してしまったみたいだった。

35 思い出を守ってくれる者

思い出にひたるひとときが、ふいに終わりを告《つ》げた。姉と弟と犬を描《か》いた絵から、突《とつ》然《ぜん》犬のうなり声がひびきわたったのだ。まるで興奮《こうふん》しているかのように絵がぴょんぴょん飛びはねている。

「絵がほえてる！」

コスモがいった。ほんとうだった。絵のほえ声にこたえるように、遠くから犬のほえ声がする。こっちはものすごく大きい。まるで永遠《えいえん》に続くこだまのように、ほえ声とうなり声がひびきあい、いつまでたってもやまない。

「こいつはまずい。おもちゃと犬は相性《あいしょう》が悪いんだ」

ストーム・ネプチュニアンがいう。

「単なる絵だよ」とコスモ。

「絵じゃないと思う」とわたし。

ひびきあう犬のほえ声とうなり声はいつまでも続き、まるでしんと静まりかえった夜に、近所の犬同士がほえているみたいだった。

ワンワン。

アウ――――ッ。

ワンワン。

アウ――――――ッ。

わたしたちは声のするほうへ船を進ませた。

声がようやくやんだと思ったら、前方に、ぐるぐるまわる光が見えた。広大なブラックホールの闇《やみ》のなかに、小さくうずまく光。その弱々《よわよわ》しい、光のうずまきの中心に、これ以上はないほど黒い、真っ黒な点があった。これがシンギュラリティーか。よく見ると、うずまく光の奥《おく》に巨大《きょだい》な段《だん》ボール箱《ばこ》があって、そのなかに、なんとびっくり……うちの犬、ナマエワナイがすわっている！

そちらをめざして大急ぎで船を進め、犬のすぐ近くまでやってきた。あいかわらずマヌケな顔をしているけれど、その顔に、笑っているとしか思えない表情《ひょうじょう》がうかんでいた。

「ああ、よかった」

わたしはいって、耳のうしろをかいてやる。

「ずーっとさがしてたんだよ。あちこちまわって、それこそしらみつぶしにね」

プンちゃんを見て、ナマエワナイが一瞬《いっしゅん》不安な顔になる。大丈夫《だいじょうぶ》だよというように、わたしは巨大《きょだい》ハムスターの前脚《まえあし》をやさしくたたいてみせる。プンちゃんは歯をむきだしたけど、それはプンちゃんなりの笑《え》みだと思うことにする。

「見てよ、あれ」

コスモが指さした。

段《だん》ボール箱《ばこ》でつくった急ごしらえの犬小屋のうしろに、何かが山づみになっている。近づいてみると、それはわたしの思い出の品々《しなじな》で、これもまた、ラリーに食べさせてきれいさっぱり忘《わす》れようとしたものだった。それを犬がひとつひとつ集めて、ここに置いて守っていた。きっとナマエワナイにとって、こういったもののひとつひとつが、おうちを思い出させるものだったんだろう。

「パパの赤い帽子《ぼうし》!」

コスモがいった。わたしはそれを拾い上げて、弟の頭にかぶせた。

「うわっ、かっこいい。勇敢《ゆうかん》な男の子に見えるよ」

ほかのものも見てみると、どれも以前とまったく同じ。巨大《きょだい》になったり、強烈《きょうれつ》になったりしているものはない。コスモといっしょに、ひとつひとつ手にとってじっくり見てみる。岩石研磨機《がんせきけんまき》、ヘッドランプ、化学実験セット、元素周期表《げんそ》、昆虫採集《こんちゅうさいしゅう》の標本箱、人間の脳《のう》の模型《もけい》、宇宙飛行士《うちゅうひこうし》の百科事典。どれもこれも、パパといっしょにつかっていたときとそっくり同じだった。

犬がクーンと、あわれっぽい声で鳴いた。あわれっぽいけれど、ほえ声のように力強く、それが闇《やみ》のなかに何度も何度もひびきわたる。

わたしは耳のうしろをかいてやった。そうすると、この犬はいつもよろこぶ。

「すごくさみしかったんだね。ごめんね、うっかりブラックホールに飲みこませちゃって。マヌケな犬だなんていったのも悪かった。そしていちばん申《もう》し訳《わけ》ないのは、名前をつけなかったこと」

そこでいったん口をつぐむ。

「こわかったんだ。一度名前をつけたら、あんたが大切なものになっちゃう。それでもし何かあったら、どうしていいかわからないから」

ちょっと考えてから、わたしは犬にいった。

「これからはあんたをセーガンって呼《よ》ぶことにしよう。そう、あのカール・セーガンにちなんだ名前。ボイジャーのゴールデンレコードに録音する音をひとつひとつ選んだ天文学者だよ。あんたもセーガンみたいに、すごく頭がいい。わたしたちのために、こういった思い出を集めて守ってくれたんだから」

わたしはもう一度思い出の品々《しなじな》に目をむけ、フレームに入ったパパの写真を取り上げた。ラリーが食べちゃって、激怒《げきど》したやつだ。写真のなかのパパは以前と変わらず、プレゼントの望遠鏡を見て、うれしそうに笑っていた。やっぱりこれはいい写真だ。これからもずっと変わらず、いい写真のまま、何かおそろしいものに変わったりはしない。

それでわかった。パパの思い出は、どれひとつとして変わることはない。いつでもわたしのなかにあって、悲しいときやおそろしいとき、さみしいときや、どうしていいかわからないときに、いつでも目にすることができるんだって。

となりに立つコスモの腰《こし》に腕《うで》をまわした。コスモも同じように、わたしに腕《うで》をまわしてきた。ふたりの手を、セーガンがペロペロなめる。目を閉《と》じると、無限《むげん》の愛と無限《むげん》の悲しみが同じ場所に凝縮《ぎょうしゅく》しているのがわかって、もう何も心配することはないんだと思った。だって、わたしのなかには、無限《むげん》の愛も悲しみも両方おさめておける、無限《むげん》の広がりがあるんだから。

★36 録音テープ その1

いよいよ最後のひとつ。セーガンが集めた思い出の品々《しなじな》はこれで終わりだ。

コスモがそれを取り上げて、しげしげと見つめる。

「これって、おねえちゃんの古いテープレコーダーでしょ？テープもなかに入っているよ。きいてみていい？」

「パパといっしょに録音したテープだよ」

コスモが考えこむ顔になる。再生《さいせい》ボタンの上で指をうかせ、押《お》そうかやめようか、迷《まよ》っている。

「じゃあ、押《お》していいね？」

わたしはうなずいた。

コスモが再生《さいせい》ボタンを押《お》す。

しかし、なんの音もしない。まったくの無音。そのかわりに、いきなり目の前にうち

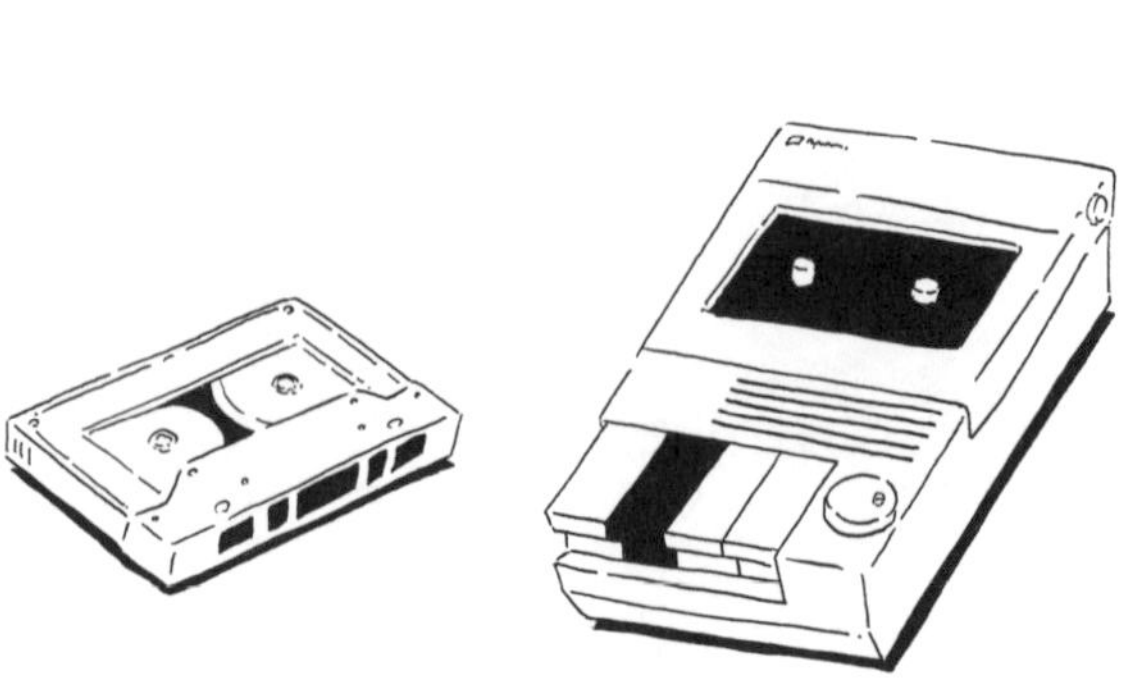

のドアが現《あらわ》れた。

どういうことかというと、わたしたちはまだバスタブに入ったまま、ブラックホールのなかにいるのだけど、何もない空間に突然《とつぜん》、緑のペンキがはげかけた、うちのキッチンに通じるドアがうかびあがったのだ。

「これって……うちのドア？」

コスモがいう。

「そう。違《ちが》う。つまり……」

いいながら、自分の脳《のう》が芽キャベツに変わったような感じがしている。

「つまり、何がどうなっているのか、さっぱりわからない」

コスモが手にしたテープレコーダーのなかで、テープがまわっている。息苦しいような沈黙《ちんもく》が続いたあと、ドアのむこうから、だれかの声がくぐもってきこえてきた。

わたしはバスタブから身を乗り出し、おそるおそる、指先でちょんとドアを押《お》し、すぐ手をひっこめた。キーッという、おそろしげな音を立ててドアがゆっくりひらく。いったいその奥《おく》に何があるのか。ネコ足号の乗組員みんな好奇心《こうきしん》にかられて、おそるおそる首を長くのばす。

「真っ暗なトンネルみたい。プールにあるウォータースライドみたいな」

コスモがいった。

「わたしはごめんだよ。落ちた先に水があって、バッシャーン、気持ちいい！　なんて、お楽しみが待っているとは思えない」

ネプチュニアンがいった。そこでわたしはみんなにいう。

「そうじゃない、ちょっと待って。ドアの先にトンネルが続いているんだとしたら、これがなんだかわかる気がする。読んだことがあるの。アインシュタインが理論化《りろんか》したやつ」

「アインシュタインのドア理論《りろん》？」

「違《ちが》う。ワームホール。かんたんにいうと、宇宙《うちゅう》のある場所から、べつの場所に移動《いどう》できる連絡通路《れんらくつうろ》。ドアをあけて入ると、銀河系《ぎんがけい》のべつの場所に出るの。おどろくような近道がある地下鉄みたいなものといえばいいかな。リンゴをかじる虫《ワーム》は、表面をぐるっとまわるんじゃなくて、なかを通ってリンゴのむこうに出られることから、そういう名がついたの」

「ちょっと待って。じゃあ、ボクがあのドアからなかに入ると、銀河系《ぎんがけい》の反対側に出るってこと?」

「それはわからない。だけど、いまのところわたしたちは、ブラックホールのなかで、バスタブ暮《ぐ》らしをしているわけだから、何がどうなっても失うものはないでしょ?」

どうしても、ドアをくぐりぬけないといけない気がした。その気持ちがどんどん強くなる。パパにもそれはわかると思う。かくれんぼをしているときに、安全なタンスのなかにかくれたときと同じ感じ。耳にコートのすそがふれるなか、安心しきってしゃがんでいながら、つねに何かが自分にむかってくる気配を感じている。

わたしたちはひとりずつバスタブのなかから出て、ドアをくぐることにした。

最初はわたしの弟、次におふろのおもちゃ、それから巨大《きょだい》ハムスター、犬、最後に、このわたし。


光よりも速いスピードで暗がりのなかを落ちていく感じがしたあと、気がつけばわたしたちはうちに着いていた。

いや、そうじゃない。

だって、何かが違《ちが》う。

うちのキッチンと同じように、食器用洗剤《せんざい》とオーブントースターで焼くワッフルのにおいがするけれど、何かおかしい。どこかが違《ちが》うのだ。

「かべ紙」

コスモがかべを指さしていった。

「前のかべ紙にもどってる」

たしかに。そのとおりだった。このキッチンにはってあるかべ紙は、一年ぐらい前のもの。野菜のがらで、ナスやニンジンなんかの絵がついている。まだパパが病気になる前から、このキッチンにはってあった。

新しいかべ紙は、パパが死んだあとにはりかえたもので、色あせた銀のスプーンやフォークの絵がついている。「おもしろくていいでしょ」とママはいった。「ママにはいま笑いが必要なの」そういって古いかべ紙をよろこんではがしていった。

そう、「前」はかべにアーティチョークが生えていたんだった。でもその「あと」、つまりパパが死んだあとは、おかしなスプーンや食器がかべをおおうようになった。

「わたしたち、きっと『前』にいるんだよ」

わたしはコスモにいった。

コスモは幼《おさな》いけれど、わたしの言葉の意味をちゃんと理解《りかい》している。それは、家族のあいだだけで通じる略語《りゃくご》だった。あれは「前」のことだとだれかがいえば、パパが死ぬ前のことだとわかる。時間というのはきっとそういうものなんだろう。悪いことが起きると、続いていた時間がそこでばっさり分断《ぶんだん》される。それが起きる「前」と「あと」に。実際《じっさい》そうなると、人間にはどうすることもできない。それでも、分断《ぶんだん》された時間をわかちあえる人間がそばにいるというのはうれしい。わたしはいま、それに気づいた。

コスモはまだテープレコーダーを持っている。そこに録音されている声は、まちがいなく「前」のもの。その声がふいにレコーダーから流れてきたと思ったら、声の主が、現《あらわ》れた。

まるで色あせた写真のなかからぬけ出してきたみたいだった。現実《げんじつ》のものではないけれど、完全なまぼろしでもない。

パパ。

パパが目の前でしゃべっている。

37 録音テープ その2

「じゃあ、パパからいくぞ。太陽を最初に見た人間はどんなことをいったと思う？」

わたしは立ったまま、その場にこおりついた。

覚えてる。はっきりと覚えている。あのときわたしは、キッチンのテーブルをはさんで、パパのむかいの椅子《いす》にすわっていた。けれどもその椅子《いす》はいまからっぽで、パパの投げかけた質問《しつもん》は宙《ちゅう》にういたまま。

コスモに目をやる。けれど、コスモはもちろん、ほかのだれにも、この場面は見えていないようだった。結局これは、わたしの記憶《きおく》でしかないのだから、見えなくてあたりまえなのかもしれない。

どうしていいかわからないまま、とりあえずゆっくり歩いていって、自分の椅子《いす》にそっと腰《こし》を下ろした。何事もなかったようにコーヒーを口にふくんでいるパパにむかって、わたしはこたえる。

「わからない。なんていったの？」

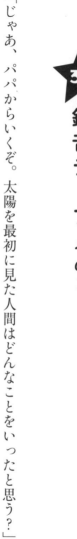

「目が痛《いた》いよう」

パパはにやっと笑ってそういった。

「太陽を見ると、イタイヨウってわけだね。うん、うまい。じゃあわたしも。遺伝子学《いでんしがく》者《しゃ》はどこで泳ぐのが好き？」

「どこだい？」

「遺伝子《いでんし》プール」

「なるほど、なかなかいい。じゃあ、重力よりも引力が大事なスポーツって、なんだ？」

「え、なーに？」

わたしの声がかすれ、手がふるえてきた。

「つな引き」

わたしとパパはいっしょになって笑った。パパは自分のジョークがおもしろくて笑っている。でもわたしは、そうしないと泣いてしまうので、声をあげて笑っていた。

「じゃあね、プロトンのように考えるって、どういうことだかわかる？」

「えっ、どういうことだい？」

「物事をなんでもプラスに考えるってこと」

「そいつは傑作《けっさく》だ！」

言葉遊びのジョークのなかでも、とりわけパパはこれが気に入って大笑いする。でもいまのわたしには、笑えない。

「じゃあ次だ。オリオン座《ざ》が仕事をしたんだが、すごくがんばったのに、くたびれるだけで、なんにもいいことがなかった。そのときオリオン座《ざ》はなんていったと思う？」

「骨《ほね》オリオン座《ざ》のくたびれもうけ」

わっ、うっかりこたえてしまった。

「大当たり！」

パパはそういって、まだ笑っている。

よかった。過去《かこ》の会話を変えてしまったけれど、特に問題はないみたい。

「じゃあ、これで録音は終了《しゅうりょう》。いいのができてよかった」

「ゴールデンレコードをつくるのって、責任重大《せきにんじゅうだい》だね」

わたしはまた過去《かこ》の台本にもどり、あのときにいった言葉をそのまま口にした。

「ああ、そうだ。耳をおおいたくなるような気味の悪い笑い声なんかをきかせたら、異《い》星人《せいじん》はまわれ右して帰ってしまう」

わたしはもうパパの話をきいていない。どうして過去《かこ》と違《ちが》う会話をしてしまったのに、時空が細く引きさかれて、宇宙《うちゅう》が粉々《こなごな》にならなかったんだろうと、そればかり考えていた。ひょっとして、過去《かこ》の会話も変えることができるの？

「ねえ、パパ。いいたいことがあるんだけど、いい？」

いってはみたものの、パパの口からは過去《かこ》の言葉しか出てこないとわかっている。

「人を小ばかにした笑い声も、せっかくやってきた宇宙船《うちゅうせん》を追い返すようなものだからだめだ、宇宙《うちゅう》の大物がおこって帰ってしまって、銀河系《ぎんがけい》の謎《なぞ》は永遠《えいえん》に明かされない」と、そんなことをいうはずだった。

ところが違《ちが》った。

「もちろん、いいに決まってる」

パパにそういわれて、わたしはその場にかたまった。この瞬間《しゅんかん》を何度夢《ゆめ》に見たかわからない。それがようやく現実《げんじつ》になったというのに、何をいっていいかわからない。いうべき価値《かち》のある言葉が見つからない。それで、正直な気持ちをそのままぶつけた。

「パパがいなくなってさみしいよ。また話がしたいって、ずっと思ってた」

するとパパがいった。

「いつでも話せばいい。どんなことでも」

「でも、それは実際《じっさい》無理でしょ」

「どうしてだい？」

「だって。もういない」

「パパがかい？　まあ、手でふれられる存在《そんざい》としては、いないかもしれない。でもじゃあ、どうしていま、パパはここにいるんだと思う？　おまえのブラックホールのなかにいるのはなぜだい？　いまのパパには肉体はない。でも、ちゃんとそこに住んでいるんだ」

　パパはわたしの胸《むね》を指さした。その瞬間《しゅんかん》、いまにも胸《むね》がつぶれるか、破裂《はれつ》しそうに感じた。

「おまえといっしょにつくった星座《せいざ》みたいなものだな。たとえ遠い遠い宇宙《うちゅう》で星がひとつ死んだとしても、星の光はそのあともずっと見える。星座《せいざ》のなかにある星なら、死んだあとも、みんなから忘《わす》れられることはない。たとえ星は消えてしまっても、依然《いぜん》としておまえはその光をたよりに、人生の航路《こうろ》を進んでいける」

　そこでパパがわたしの手を取った。

「こういうとき、パパだったらなんというだろう。どんなアドバイスをくれるだろうって、おまえにはわかっているはずだよ。おまえのことをいつでも信じているパパの思いもね。そういうものは全部おまえのなかに入っている。それが愛だ。だれにもさわることはできないし、変えることも、うばうこともできない。おまえが生きているかぎり、ずっとおまえのなかにある。それどころか、おまえが死んだあとも永遠《えいえん》に生き続けるかもしれない」

パパの声がきこえたのはそれが最後だった。まだ何かいっているのかもしれないけれど、もうそれは、声に出していう必要がなかった。わたしはいま、パパの思いを自分の内側から感じていた。パパのいうとおりだ。こういうとき、パパならなんというか、どんな口調でいうか、どのあたりで笑い声がまじるか、わたしには全部わかっていた。

わたしはパパに腕《うで》をのばし、ぎゅっとだきしめた。単なる思い出だから、きっと手ごたえはなく、ゴーストをだきしめているようにスースーするだけだろう。そう思ったのに、ちゃんと感触《かんしょく》がある。自分がテープレコーダーになって、このひとときを一瞬《いっしゅん》も逃《のが》さずに記録しておきたい。パパのシャツのにおいも、ひげのそり残しがチクチクするほっぺたの肌《はだ》ざわりも、自分をほんとうに大切に思ってくれている人にだきしめられている安心感も、何ひとつ、忘《わす》れないように。

もしわたしがボイジャーだったら、この瞬間《しゅんかん》を異星人《いせいじん》に再生《さいせい》してあげるだろう。そうしていってやる。見て、わたしたちの世界はこんなにも美しいんだよって。

永遠《えいえん》にこの場にいたかった。けれどもそのうちにテープのまわる音がきこえてきて、いきなりカチッという音がした。

パパがまた自分の椅子《いす》にすわった。そうしてコーヒーをまた一口飲む。

「じゃあ、パパからいくぞ。太陽を最初に見た人間はどんなことをいったと思う?」

録音した声。また最初から再生《さいせい》が始まったんだ。そんなに長い時間録音したわけじゃなく、すぐに終わりが来てしまう。そう思った瞬間《しゅんかん》、わたしは気づいた。永遠《えいえん》にここにいて、思い出のなかにひたっていることもできる。でもそんなことをパパはきっと望まないだろう。わたしだって残りの人生をそんなふうに過《す》ごしたくない。

わたしはテーブルに背《せ》をむけ、コスモのほうへ歩いていった。コスモはわけがわからないという顔。やっぱり何も見えず、声もきこえないらしい。

「それ、こっちに貸《か》して」

わたしがいうと、コスモがテープレコーダーをよこした。わたしはレコーダーについたボタンを見下ろす。どれを押《お》せばいいか、わかっていた。

わたしが停止《ていし》ボタンの上に指を置くと、その上にコスモが自分の指を重ねた。セーガンとプンちゃんとストーム・ネプチュニアンも、手や前脚《まえあし》をつないで、みんながひとつになった。

「用意はいい?」

わたしはきく。

「いいよ」

コスモがいった。

そろそろ家へ帰ろう。

38 さまざまな色や陰影《いんえい》

テープレコーダーの停止《ていし》ボタンを押《お》してから、コスモとわたしはしばらくだまっていた。わたしは一度失ったものを、ほんのわずかなあいだだけど、もう一度目にすることができた。まるで奇跡《きせき》のようだった。

頭のなかで、パズルのピースがすべてつながった気がする。わたしはラリーに会って、自分の問題を食べさせたあと、どうしてもその問題と正面からむきあうことが必要だったんだ。パパの声がきこえる場所へ行き、パパの言葉をしっかり受けとめる。そうしてパパはいつだって自分のなかにいる、たとえ死んでしまってもパパは消えないのだと、納得《なっとく》しなければならなかった。

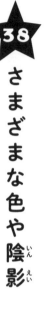

「おねえちゃん、何考えてるの?」

コスモが沈黙《ちんもく》をやぶった。

「ボイジャーが宇宙《うちゅう》へ持っていく録音テープについて、コスモがいっていたこと。ほら、悲しい声や音も録音するべきだって、あんたはそういったでしょ。そのとおりだなって考えていたの。トラクターの音はさして重要じゃない。地球の人間を語る上で、なくてはならないのは、愛と悲しみ。それと、失ったと思っていた愛をまた見いだす力なんだって。コスモは何を考えてたの？」

「ボクは、あのドアをくぐりぬけなきゃいけないって、それを考えてた」

コスモは部屋のつきあたりの角にあるドアを指さしていた。キッチンを出て、家のほかの部分に通じているドア。

「そうだね。もしかしたらあの録音テープに入っていたパパの思い出が、家に帰る連絡《れんらく》通路《つうろ》をつくってくれたのかもしれない。あそこをくぐりぬければ、現在《げんざい》のわがやに帰れる気がする」

それで四人は、キッチンを突《つ》っ切《き》っていった。途中《とちゅう》にあるテーブルの椅子《いす》には、もうパパはすわっていなかった。つきあたりのドアの前まで来ると、わたしはまず、ほかのみんなをドアのむこうへ送りだした。

それから、前方のドアをじっと見る。何か変化が起きようとしているのがわかる。全身のあらゆる細胞《さいぼう》が、前へ出ていきたくてしかたない犬のように、わたしについたリードをぐいぐいひっぱっている。腕《うで》のうぶ毛の一本一本が立ち上がって前のめりになり、ドアのむこうへ行きたいと身を乗り出している。

わたしもそっちへ行きたい。でも実際《じっさい》に足をふみいれるには、強い決意が必要だ。いったんドアのむこうに出てしまえば、パパのいない世界で、長い長い人生の旅が始まる。けれども、わたしのなかには、パパと再会《さいかい》した貴重《きちょう》な瞬間《しゅんかん》が残っている。もしもわたしの人生が闇《やみ》に閉《と》ざされて、こごえそうになったら、心のポケットの奥深《おくふか》くにしまわれたそれを、そっと取り出して温まればいい。


ドアのむこうに足をふみだして、最初に耳にしたのはコスモの悲鳴だった。

「プンちゃん、どこ行っちゃったの？　さっきまでいっしょにいたのに、いきなり消えちゃって！」

わたしたちはリビングルームをくまなくさがした。どこにいようとあの巨体《きょたい》ならすぐ目について、見逃《みのが》すなんてないはずだった。すると、わたしたちの足もとで何かが動いてキーキー鳴いた。

「プンちゃん！」

コスモがいって、ハムスターをだき上げようとかがむ。

元のサイズにもどって、以前と同じようにくさいプンちゃんは、コスモの手の上にぴょんと飛びのると、うれしそうに手のひらに鼻を押《お》しつけた。

学校が始まったら、教室に持っていくのは、新しいプンちゃんにしよう。このプンちゃんは、ブラックホールに足をふみいれた史上初《しじょうはつ》のハムスターであり、わたしたちといっしょにここで暮《く》らすのが当然という気がした。ひとつバスタブのなかでいっしょに暮《く》らした相手は、家族のようなものなのだ。

セーガンがひどく興奮《こうふん》して、家のなかにある、ありとあらゆるものをかぎまわるのをよそに、コスモは、また完全なおもちゃにもどったストーム・ネプチュニアンの背中《せなか》のひもを、緊張《きんちょう》する面持《おもも》ちでひっぱっている。

「おいおい新人ども、しっかり歩かんと、海に落ちるぞ!」

「ネプチュニアン、ずいぶんえらい立場になったんだね」

わたしはにっこり笑ってコスモにいう。

するとふいに、キッチンから物音がきこえてきた。自分たちが通ってきたドアのむこうだ。まだあっち側には、過去《かこ》の記憶《きおく》が残っている? 結局自分たちは、現在《げんざい》のわがやに帰り着いたわけじゃないってこと?

コスモといっしょに、そろり、そろりと近づいていく。ドアを細めにあけ、へりから顔をのぞかせる。

「ママ！」

わたしとコスモが同時にさけんだ。

わたしたちが勢《いきお》いよくだきついていくと、ママがおどろいて身をかたくした。いきなりのハグ攻撃《こうげき》に、ママはひっくり返りそうだった。

「まあまあ、虫ちゃん、コスモ。何かママ、ふたりにすごくいいことでもしたかしら？」

「ずっと、ずっと会いたかった。ただそれだけよ、ママ」

わたしはいって、ふたたび「虫ちゃん」と呼《よ》んでもらえたよろこびに胸《むね》を熱くする。

指であごにふれてみると、傷《きず》ももどっていた。あとでトニー・ルナにも電話をして、科学クラブのメンバーにもどっているか確認《かくにん》しよう。

「ほんとにそうだよ。ボクたちのママでいてくれてありがとう」

ママはとまどいながらも、にっこり笑う。

「どういたしまして。もう二十分も呼《よ》んでるのに出てこないんだから。ランチがさめちゃうし、心配してたのよ」

二十分？　コスモとわたしは顔を見合わせた。

ママの用意してくれたランチを、わたしたちはガツガツ食べた。宇宙一《うちゅういち》おいしい、チーズホットサンドとトマトスープだった。

「そんなにおなかがすいてたの？」

ママがいって、ふたりにおかわりを持ってきてくれる。

「芽キャベツばっかり、何週間も食べ続けた気分なんだ」

コスモがいい、ふたりして大笑いした。

ママはほっとしたようにため息をつくと、わたしたちに笑いかけた。わたしもにっこり笑い返す。

「なんの話だかさっぱりわからないけど、あなたたちふたりがまた、いっしょに楽しそうにしているのを見ていると、ママもうれしいわ」

この自分も変わったんだと、ふいに気づいた。ブラックホールに入って変化したのは、プンちゃんやステラリウムやセレステおばさんの編《あ》んだセーターだけじゃなかった。

そして、わたしの場合は、いいほうに変わった。だって、ブラックホールに入ったことで、きょうだいが、どれだけ相手を必要としていたかに気づいたんだから。もう以前のように、自分はひとりぼっちだという気があまりしない。それに以前は、いるのがあたりまえに思っていたけれど、ママがいっしょにいてくれるのがどれだけありがたいことか、いまはとてもよくわかる。

悲しくて胸《むね》が痛《いた》くなるのは、悪いことばかりじゃないんだろう。痛《いた》む胸《むね》を思いきってひらき、そこに光をとりこめば、自分の内側が見える。闇《やみ》のなかを進んでいく冒険《ぼうけん》に乗り出すことで、わたしはこれまで見ることのできなかった、さまざまな色や陰影《いんえい》に富《と》んだ自分の心のなかをのぞくことができた。きっと、これからも新たに見えてくるものがあるに違《ちが》いない。パパはきっと、わたしにすべてを教えたわけじゃない。

39 わたしを救《すく》ったブラックホール

大急ぎでランチをすませたあと、わたしは自分の部屋へ走っていった。ラリーが無事かどうか、たしかめないといけない。わたしたちがブラックホールのなかにいるとき、そしていまの世界にもどってくるあいだに、ラリーの身に何かあったらどうしよう。

「ラリー？」

ドアの奥《おく》に呼《よ》びかける。

「そこにいるの？　大丈夫《だいじょうぶ》？」

ドアをあけるなり、息を飲んだ。

「ラリー！　あんた……なんだって……そんなに大きくなったの！」

おどろいた。元の四倍はある巨体《きょたい》で、ラリーがわたしを見下ろし、ほとんど部屋全体をふさいでいる。バスタブをまるごと飲みこんだら、こんなふうにもなるのだろう。

わたしがもどってきたのがうれしいようで、不自由そうに動きながら、なんとかして近づこうとがんばっている。それでも思うようにいかず、机《つくえ》や椅子《いす》を飲みこんでしまい、頭が天井《てんじょう》の星座《せいざ》をこすりそうになる。

「心配してたんだよ」

わたしはラリーにいった。ほんとうにそうだった。いつのまにか自分は、このペットに深い愛情《あいじょう》をいだくようになっていた。

「わたしたちを助けてくれてありがとう」

するとラリーが、上からわたしをじぃーっと見下ろした。

〈またいつでも助けてあげるよ〉といってるのか。それとも、〈これよりひとまわり大きい部屋、お店で売ってないかな？　なんだかボク太っちゃって……〉といってるのか。

わたしも顔を上げてラリーの目をじっとのぞきこむ。その奥《おく》に銀河系《ぎんがけい》をそっくりそのままかかえているような目。なんだかなつかしい感じがする。わたしなんかにはとても知りえない深遠な謎《なぞ》が、ラリーのなかにはまだまだたくさんあるのかもしれない。

そんなことを考えていたら、ずっと幼《おさな》いときに、チューリップの花のなかをのぞいてみたことを思い出した。晴れた日だったので、降《ふ》り注《そそ》ぐ日差しが花びらをすかして入りこみ、花のなかは何もかもが赤紫色《あかむらさきいろ》に光っていた。オーロラのような光がゆれて、細い三日月のような雄《お》しべと、花粉《かふん》をまとった星々《ほしぼし》が見えた。等間隔《とうかんかく》にきれいに重なる花

びらは、積み重なる時間の層《そう》のようで、まるで花のなかに小さな宇宙《うちゅう》があるみたいだった。

そうか、パパが死んでからわたしにそなわったスーパーパワーというのは、こういった真実に気づける力だったんだ。つまり、どんなものでも、単純《たんじゅん》に、いいとか悪いとか、決めつけることはできない。ひとりの人間にはさまざまな面があって、このわたしも、ほかのみんなと同じように、これまで自分の身にふりかかったさまざまな出来事がまざりあってうずまく、美しくも複雑《ふくざつ》な銀河系《ぎんがけい》のようなものなんだって、いまのわたしにはよくわかる。

それにしても、なんてふしぎなんだろう。自分自身の心の闇《やみ》から、わたしを救いだしてくれたのが、ほかでもないブラックホールだった。だったら今度はわたしが彼《かれ》のために、ひと肌《はだ》ぬぐ番だ。たとえそのことを思っただけで、さみしさに心がつぶれそうになったとしても。

「うちのネコ足のバスタブ、いったいどこへ行っちゃったの?!」

ママのあげる悲鳴を無視《むし》して、わたしはもうひとつのさよならのために、さっそく準備《じゅんび》にとりかかった。

40 さよならをしたブラックホール

ある朝、全身黒ずくめの女の子が、彗星《すいせい》のようにあらわれた。

物語はもう終わりに近い。

女の子は成長した。女の子はとなりに穴《あな》みたいなものをしたがえていて、もうじきやってくるさよならの時間に思いをはせている。

「あの、ステラ・ロドリゲスといいます」

NASA《ナサ》の門の前に立つ警備員《けいびいん》に声をかける。

「会う約束があるんですが」

「はい、そうでしたね」

警備員《けいびいん》はいって、緊張《きんちょう》した面持《おも も》ちで手元の電話と内線番号のリストを取り上げる。

神経質《しんけいしつ》そうに、わたしとラリーに交互《こうご》に目をやり、視線《しせん》を移動《いどう》するたびにその目が大きく見開かれる。

ラリーは冒険《ぼうけん》に出かけるような感じでうれしそうだ。プンちゃんをえさに、ここまで連れてきた。えさといっても食べさせたわけではなく、プンちゃんはいま、わたしのポケットのなかにいて、あくびをしている。夜明け前に出てきたから、うとうとしながらヒマワリのタネの夢《ゆめ》でも見ているのだろう。

緊張《きんちょう》した警備員《けいびいん》に、だれもいない大きな部屋に案内された。室内を見まわすと、机《つくえ》がたくさんならんでいて、かべには地図がいっぱいはってあった。いつか、あの机《つくえ》のひとつに自分がすわるようになったら、どんなにいいだろう。

まもなく、電話で話をした女性科学者《じょせいかがくしゃ》が入ってきた。NASA《ナサ》がまちがいなくラリーを宇宙《うちゅう》にもどすと、そう約束してくれた人だ。宇宙《うちゅう》こそがラリーの居場所《いばしょ》であって、そこで自由に暮《く》らすのがいちばん幸せなのだと、その人はいっていた。

「ほんとうに、それがいちばんいいと思いますか？」

わたしがきくと、科学者は「思います」とこたえた。

いまその人は、目の高さが合うように腰《こし》をかがめ、強いまなざしでわたしを見つめている。やさしそうな人だった。

「あなたはとても勇敢《ゆうかん》。それに、大切なお友だちの世話をじつによくやった。宇宙《うちゅう》にはおどろくほどすばらしいものがたくさんあるけれど、どんなものも、永遠《えいえん》にわたししたちといっしょにいることはできないのよ」

「ひとつきいていいですか？　ラリーって、結局なんなんですか？　このNASA《ナサ》でつくられたものなんですか？　それとも宇宙《うちゅう》からやってきた？　そもそもラリーはブラックホールなんですか？　それとも、ワームホールか何か？」

「ここでは、むやみやたらに名前をつけるのをひかえているの」

「でも、NASA《ナサ》は実際《じっさい》、空のあらゆる星に名前をつけましたよね？」

相手は声をあげて笑った。気持ちのよい笑い声で、笑い方までやさしい。こういうのを録音して異星人《いせいじん》にきかせたい。パパもきっとそう思うはず。

「あなたたちに、さよならをする時間をあげましょう」

にっこり笑ってそういうと、わたしの肩《かた》にそっとふれてから部屋を出ていった。

ふりかえるとラリーは、ずらりとならんだ高価《こうか》そうな顕微鏡《けんびきょう》をのんびりと食べていた。

外に目をやれば、暗かった空に朝日がさし、ほんのり明るくなってきていた。

どんなものも永遠《えいえん》にいっしょにいることはできない。科学者の女性《じょせい》はそういっていた。たしかにそうだ。ほんとうはずっと手放したくない。でも月だって、朝になれば光のなかにとけていくのだから。

「ラリー、こっちへおいで」

声をかけると、しつけのゆきとどいたブラックホールは、いわれたとおりにやってきた。

「今日は大事な日。あんたがおうちに帰るんだから。ワクワクしてるでしょ。その気持ち、わたしにもわかるよ」

自分のおうちにもどることを、ラリーはどう感じているのだろう。プレゼントをもらって、これからあけようとするときみたい？

手紙を書き終えて、それをポストに入れようとするときみたい？

ひょっとしたら、秋の気配がしのびよるひんやりした空気のなかで、突然《とつぜん》、何十億もの虫たちが興奮《こうふん》して羽をこすりあわせ、木々《きぎ》の葉が草原や野原へ出発することを夢見《ゆめみ》る気分と同じかもしれない。

ラリーはすっかり混乱《こんらん》しているようすだったけれど、わたしの声を耳にしてうれしそうなのはわかった。縁石《えんせき》に置かれた段《だん》ボール箱《ばこ》のなか、寒さにふるえていた彼《かれ》を見つけた日のことを思い出して、わたしは思わず笑顔《えがお》になった。その日、小さなブラックホールは、雨を逃《のが》れて、わたしの人生に入ってきたのだった。

「ねえ、ラリー」

いいながら、早くも別れを意識《いしき》して、のどが苦しくなっている。

「ときどき……そう、ときどき思ったんだ。わたしの人生はお先真っ暗で、心にあいたブラックホールに、なんでもかんでも飲みまれちゃうんじゃないかって。でもその穴《あな》は結局、ワームホールだった。その闇《やみ》こそが入り口で、くぐりぬけた先にわたしの家があった。闇《やみ》とむきあいながら前へ進み続ければ、最後には自分の生きる場所にたどりつける。ラリーはそれをわたしに教えてくれたんだね」

ラリーに飛びついて、思いっきり強くハグをしたかった。けれどもそうはせず、そうっと身を近づけて、ラリーにさわらないぎりぎりのところで、相手をだっこするように両腕《りょううで》を大きく広げた。

ラリーの目がとたんに大きくなった。

〈そんなことしていいの？　だきしめてもらえるの？　なでてもらえるの？〉

そういっているようだった。

「大丈夫《だいじょうぶ》だよ。わたしは消えない」

そのまんまの状態《じょうたい》で、ふたりして目を閉《と》じた。

この瞬間《しゅんかん》、わたしはこの上なくすばらしいものを、胸《むね》が張《は》りさけそうなほど悲しいものを、すべて自分の腕《うで》のなかにだきしめているように思えた。つんだばかりのたんぽぽの香《かお》り、キッチンで料理をしているママ、コスモの小さな手をにぎったときの感触《かんしょく》、さまざまな記憶《きおく》、星座《せいざ》、天体。あっというまに流れる時間と、のろのろ過《す》ぎていく時間と、何かが終わって何かが始まるまでの時間……。

そんなことを感じながら、ラリーのまわりに腕《うで》を広げて立っていると、どこか遠いところから、笑い声がきこえてきた。かすかな声だけれど、たしかにきこえる。パパの笑い声だ。

録音テープ。そうか、まだラリーのなかにあるんだ。パパの笑い声だけじゃない、わたしの笑い声もきこえる。そこで気がついた。ラリーを宇宙空間《うちゅうくうかん》に放てば、ふたりの笑い声もいっしょに宇宙《うちゅう》へ放たれ、星々《ほしぼし》のあいだにつねにあって、はてしない時間を生き続ける。つまり、わたしの最初の願いがかなうのだった。

そうか、ブラックホールは、ちゃんとむきあって、ていねいに世話をしてやれば、飲みこまれてしまうなんてことはなくて、いろんな思いをえられる。つまり、少しもこわいものじゃないんだ。

ブラックホールは、あらゆる銀河系《ぎんがけい》の真ん中にあるといわれている。わたしという銀《ぎん》河系《がけい》、つまりわたしの心にも、つねにブラックホールが口をあけているのだろう。けれどそれはわたしの一部。わたし以外の何者でもない。だからちゃんとむきあって、しっかりしつけ、手なずける。そして最後には放してやる。

放してしまったら、そこに穴《あな》があくだろうけれど、かまわない。ブラックホールが去ったかわりに、その穴《あな》にはきっと美しいものがいっぱいつまっているから。

付録

ブラックホールを初めて飼《か》う人へ

――ステラ・ロドリゲス

ブラックホールは、暗がりのなか、家へ帰るあなたについてきます。きっといろんなところで見つけられると思いますが、かなりの確率《かくりつ》で見つかるのは、雨降《あめふ》る日の、ゴミステーションのわき。あなたが出しっぱなしにしておいた段《だん》ボール箱《ばこ》のなかに入って、身をちぢめていることでしょう。

えさになるものはたくさんあります。懐中電灯《かいちゅうでんとう》、わたぼこり、弟が描《か》いた名画、びんにためておいた硬貨《こうか》、靴《くつ》の左足をいくつでも、それにハムスター、気に入っていたパパの写真、トランプのたば、消しゴム、庭かざりのノーム百四十七体、庭の遊び道具、庭のおもちゃ、バーベキューコンロ、ハチドリのえさ入れ、絶対《ぜったい》好きになれないセーター、芽キャベツ、袋《ふくろ》に入ったゴミ、音楽のレコード、岩石研磨機《がんせきけんまき》、元素《げんそ》の周期表、人間の脳《のう》の模型《もけい》、宇宙飛行士《うちゅうひこうし》の百科事典、赤い帽子《ぼうし》、野球のボール、笑い声を録音したテープ、犬、弟、バスタブ、そしてあなた自身。

ブラックホールが食べたものを消化していくプロセスは非常《ひじょう》に複雑《ふくざつ》です。適切《てきせつ》な栄養を取らせることが何よりも大事です。

ブラックホールの内部は真《ま》っ暗闇《くらやみ》。なにしろ光がまったくないのです。ブラックホールは、いつでも十分な光を取り入れることのできる環境《かんきょう》で飼《か》いましょう。必要なだけの光と、適度《てきど》な娯楽《ごらく》をあたえれば、ブラックホールは精神的《せいしんてき》にも肉体的にも安定するはずです。とにかくやさしくしてやって、どんどんほめ、前むきな言葉をかけて、明るい歌を歌ってあげましょう。

光も大切ですが、ふだんの食事で気をつけなければならないのは、犬、ネコ、ハムスター、ネズミ、爬虫類《はちゅうるい》などなど、生き物は絶対《ぜったい》にあげてはいけないということです。ほかのペットと同じで、毛の生えた小動物を食べてしまうと、ブラックホールの胃《い》にも毛球《けだま》ができるかもしれません。

ブラックホールにも好物があります。星は大好きですが、やりすぎるといつもホシがるので、ほどほどにしましょう。ほかにも、色とりどりの光を放つラヴァライト、蛍光《けいこう》を発するペンライト、ディスコに設置《せっち》されたきらきらのミラーボールなんかがブラックホールは大好きです。

ブラックホールは、あつかいに細心の注意が必要です。見守る人のいないところで、小さな子どもをブラックホールに近づけてはなりません。かわいがる場合には、直接《ちょくせつ》ふれないように、ブラックホールの前で両腕《りょううで》を左右に大きくのばし、両手首を内側にちょっと曲げて、だっこするまねをします。ブラックホールのなかに入ってしまうより、安全な距離《きょり》を置いていっしょに過《す》ごすことをおすすめします。

何か小さくてふわふわしたものをつかって、飼《か》い主《ぬし》がしんぼう強く訓練すれば、ブラックホールはある程度《ていど》、いうことをきくようになります。ねるときは、飼《か》い主《ぬし》と同じべッドに入りたがります。ときどき、ブラックホールが空をまじまじと見ていることがありますが、これはおそらく、おうちへ帰りたいと思っているのでしょう。つかれると、ブラックホールはおこりっぽくなります。体が大きくなりますし、ときにわがままと思える行動を取ることもありますが、そんなときに飼《か》い主《ぬし》がむやみにどなったりすると、ブラックホールは逃《に》げてしまいます。ほかのペットと同じように、ブラックホールを飼《か》う場合にも愛情《あいじょう》をたっぷりかけてやらないといけないのです。

ブラックホールのなかに放りこんだとしても、口から出た言葉が永遠《えいえん》に消え去るということはありません。それどころか、イライラするものや、考えただけで頭が痛《いた》くなる問題、見るだけでさみしくなってしまうものなんかをブラックホールに入れると、ますます手に負えない代物《しろもの》になってしまうことが、最近の研究からわかっています。引力の働きで、そういったものはブラックホールの奥《おく》へ引きこまれていきますが、その過程《かてい》で、巨大化《きょだいか》したり、おぞましく変容《へんよう》したりして、問題はいっそう深刻化《しんこくか》していくのです。

悩《なや》みのタネをブラックホールに入れてなくしてしまおうと考えるときには、よくよく注意が必要です。気がつくと、大事なものまで失っていることがあるからです。

あなたのブラックホールは、計り知れない力を持つすばらしい生き物です。これまで見る必要はないと思っていた、自分の内面や外面を見るようにしむけ、大切な人の死と、そこからもたらされる悲しみと、いま一度真剣《しんけん》にむきあわせてくれます。その結果、自分のなかには愛が残っている、無条件《むじょうけん》に守られているのだと安心することができるのです。

あなたが、自分のブラックホールと結んだきずなは、大切に育てて守っていくかぎり、一生断《た》ち切《き》られることはありません。おそらく永遠《えいえん》に。

ですから、自分のブラックホールはくれぐれも大切にしましょう。つねにしんぼう強く、やさしく接《せっ》し、できるかぎりそばに置いて、こわがってなんかいないことを、あなたのブラックホールにわからせてやりましょう。それでも、とうとうさよならをするときが来たら、そのときには山ほどの愛情《あいじょう》を持たせて、宇宙《うちゅう》の無限《むげん》のかなたに放してやりましょう。

訳者《やくしゃ》あとがき

ブラックホールは、「高密度《こうみつど》で重力があまりに強いために、物質《ぶっしつ》も光も放出できない天体（大辞泉《だいじせん》）」と定義《ていぎ》されている。それでイメージがわかなければ、近くに迷《まよ》いこんできたものを手当たりしだいにむさぼる、宇宙《うちゅう》の怪物《かいぶつ》を想像《そうぞう》するといい。まだその実態《じったい》は完全に明らかにはなっていないが、二〇一九年にはブラックホールの実像《じつぞう》が史上《しじょう》初めてカメラにとらえられ、世界をおどろかせた。

本書は、そんなブラックホールをペットにしてしまった十一歳《さい》の少女ステラの物語。ある日突然《とつぜん》自分のあとをつけてきたブラックホールを、おそろしいながらも部屋にあげたところ、これが妙《みょう》に人なつっこくて愛らしい。それにラリーと名づけ、芸までしこんで手なずけたステラは、なんでも飲みこんでしまうブラックホールの特性《とくせい》を活用して、自分の目の前から消したいものを、次々《つぎつぎ》と飲みこませていく。

弟がしょっちゅうかけているうるさいレコードや、いらないというのに無理矢理くれる下手くそな絵。絶対《ぜったい》着たくないおばさんの手編《てあ》みのセーターなどなど。ラリーに飲みこませるだけで、いやでいやでたまらなかったものが消えてなくなるのだから、こんなにありがたいことはない。

じつはステラの心のなかには、大きな穴《あな》がぽっかりとあいている。かつてそこには科学の楽しさを教えてくれた大好きな父親がいた。父の死をうけとめきれないステラは、パパのことは一切考えない、口にもしないと自分にいいきかせることで、日々《ひび》をなんとかやりすごしている。

思い出すことがなければ、悲しくならない。そう考えたステラは、パパのお気に入りの帽子《ぼうし》や、いっしょにつくった天体模型《てんたいもけい》などなど、パパを思い出させる品を、次から次へラリーに飲みこませていく。ところがその過程《かてい》で、うっかり子犬まで飲みこまれてしまったから、さあ大変！　責任《せきにん》を感じたステラは、自らラリーのおなかのなかに飛びこんで、子犬を連れもどそうとするのだが……。

気がついたときには、バスタブの宇宙船《うちゅうせん》に乗りこみ、弟とハムスターとお風呂《ふろ》のおもちゃをお供《とも》に、果てしない宇宙《うちゅう》に放り出されていた。あたりに浮遊《ふゆう》するガラクタの山はすべて、ステラが二度と見たくない、思い出したくないと思って、ラリーに飲みこませた物たち。そのひとつひとつが、ステラの入りこんだ宇宙空間《うちゅうくうかん》で重要な役割《やくわり》を果たし、さまざまな事件《じけん》をまきおこす。

じつはこの宇宙《うちゅう》の旅は、ステラがこれまでずっと目をそむけて見ないようにしていた、自分の心の闇《やみ》と正面からむきあうプロセスであり、この先の人生を、希望を持って歩むために、どうしても体験しなければならない旅だった。

「死」によって、大切な人と永遠《えいえん》の別れを余儀《よぎ》なくされる。人生最大の苦しみにわずか十一歳《さい》で向き合わねばならない子どもの心の内は想像《そうぞう》を絶《ぜっ》する。

ずっと昔の話だが、わたしが小学校の教員時代に担任《たんにん》をしていた五年生の男子が、母を突然《とつぜん》の病で亡《な》くし、「どうして、どうして……」と泣きつかれた記憶《きおく》がいまでも生々《なまなま》しく残っている。

「お母さんは亡《な》くなっても、あなたの心のなかで永遠《えいえん》に生き続けるの」と、ありきたりの言葉をかけたところで、絶望《ぜつぼう》のさなかにいる相手に何が伝わるものか。大人になった自分でさえまだ味わっていなかった、人生最大の苦しみに立ち向かわねばならない幼《おさな》い子どもをまえに、言葉はあまりに無力だった。

あれから三十年以上の時を経《へ》て本書に出会ったいま、あのときとはまったく正反対に、言葉の持つ力に圧倒《あっとう》されている自分がいる。正確《せいかく》にいうなら、小説の力だ。

ひとりの人間が、豊《ゆた》かな想像力《そうぞうりょく》に突《つ》き動かされて言葉をつづり、現実《げんじつ》ではないところに現実《げんじつ》以上にリアルな信じるに足る世界をつくり、そこに血の通った人物を息づかせる。文字通り神業《かみわざ》といっていい、奇跡《きせき》によって生み出された物語は、現実《げんじつ》にも必ずや奇跡《きせき》を生むと、そう思えてならない。

だから……三十年以上前のあのときに、もしこの作品が生まれていたら、わたしは母を亡《な》くした男子に何もいわず、この本を差しだしたことだろう。大切な人はたとえ亡《な》くなっても、自分のなかにずっといる、そう心から納得《なっとく》するためには、同じ苦しみをかかえる主人公とともに無限《むげん》の宇宙《うちゅう》を旅して、自分の目でその真実を見いだすのがいちばんだからだ。

ネコ足のバスタブが宇宙船《うちゅうせん》になったり、学校の休み中に飼育《しいく》を任《まか》されていた、どうやっても悪臭《あくしゅう》がとれないハムスターがブラックホールで巨大化《きょだいか》したり、ラリーに食わせたステラの大嫌《だいきら》いな芽キャベツが、長きにわたる宇宙《うちゅう》旅行の貴重《きちょう》な食料になったり……。イメージ豊《ゆた》かに語られるゆかいなエピソードで読者を存分《ぞんぶん》に笑わせ、楽しませながら、肉親の喪失《そうしつ》という重いテーマを描《えが》ききるのは、まさにこの作家にしかできない芸当だろう。

前作ではイマジナリーフレンドを語り手にして、自分さがしの旅を描《えが》いた著者《ちょしゃ》。これ以上ユニークな話はないと思ったが、ブラックホールをペットに仕立てるという発想に、前作以上に度肝《どぎも》を抜《ぬ》かれた。

宮部《みやべ》みゆき作品の『あんじゅう』に出てくる、闇《やみ》の塊《かたまり》のような生き物「くろすけ」は、人を恋《こ》いながら人のそばでは生きられない。ラリーもそれと同じで、ふつうのペットのように、大好きなステラに近づいてなでてもらいたいのに、すべてを飲みこんでしまうブラックホールの特性《とくせい》ゆえに、切ない願いはかなわない。まるでその奥《おく》に深遠な銀河《ぎんが》をたたえているような瞳《ひとみ》を、思いっきりきらきらさせながら、ステラの命令に従《したが》ってゴロンと転がってみせるラリーのなんと愛らしいこと。読んでいて、ブラックホールという宇宙事象《うちゅうじしょう》が、かわいくてかわいくてたまらなくなり、できることならなでてやりたいと思う、そんな信じがたいことが起こるのもまた、この小説の奇跡《きせき》だ。

子どもから大人まで、ひとりでも多くの読者の手にとどくことを願ってやまない。

最後になりましたが、ミシェル・クエヴァスの作品二冊《さつ》を続けて担当《たんとう》し、その魅力《みりょく》が日本の読者にあますところなく伝わるよう万全の力をつくしてくださった、編集《へんしゅう》の田中明子さんと、作品のイメージにぴったりの素晴《すば》らしい装画《そうが》と挿絵《さしえ》を描《か》いてくださった早川世詩男《よしお》さんに心より感謝《かんしゃ》を捧《ささ》げます。

二〇二〇年八月　杉田七重《すぎたななえ》

作　ミシェル・クエヴァス

アメリカの児童文学作家。1982年マサチューセッツ州生まれ。ヴァージニア大学の創作科で文学修士号を取得。2014年に児童向け創作読み物『Beyond the Laughing Sky』で作家デビュー。2作目の『Confessions of an imaginary friend』は、日本では『イマジナリーフレンドと』（小学館）に訳され注目を集める。本作『The care and feeding of a pet black hole』は、世界8カ国語に訳され、2019年のラガッツィ賞の児童部門ノミネート5作に選ばれた。

訳　杉田七重

翻訳家。英米の児童文学やヤングアダルト小説を中心に幅広い分野の作品を訳す。主な訳書に、ミシェル・クエヴァス『イマジナリーフレンドと』（小学館）、マイケル・モーパーゴ『発電所のねむるまち』（あかね書房）、『フラミンゴボーイ』『月にハミング』（小学館）、ジョー・コットリル『レモンの図書室』（小学館）、ルイス・キャロル『不思議の国のアリス』『鏡の国のアリス』（西村書店）、S.E.デュラント『青空のかけら』（すずき出版）などがある。

ブラックホールの飼い方
2020年10月12日　初版第1刷発行

作　ミシェル・クエヴァス
訳　杉田七重
発行者　野村敦司
発行所　株式会社 小学館
〒101-8001 東京都千代田区一ツ橋2-3-1
電話　編集 03-3230-5625 販売 03-5281-3555
印刷所　萩原印刷株式会社
製本所　株式会社若林製本工場

ISBN　978-4-09-290628-0